허탈에서 해탈하기

송현모 에세이

허탈에서 해탈하기

머리말

　내가 살고 싶은 인생을 먼저 살고있는 사람들이 곁에 있다는
것은 정말로 기쁘고 든든한 일입니다. 제가 직접 경험하거나 읽
기 혹은 듣기 또는 만남에 의한 간접 경험에서 느낀점입니다. 마
음의 장부에서 가슴 속에서 퍼왔습니다. 빈배가 되어 흐르는 연
습. 무탈한 하루가 되길 바랍니다.

차례

허탈에서 해탈하기

허탈에서 해탈하기

「헝그리」「배고픔」의 시대에서 앵그리 「화냄」의 시대가 되었다. 배고픔이나 그저 먹고 사는 문제는 상당 부분 해결이 되었다. 하지만 정신적인 굶주림이나 영혼의 문제는 몇 배로 늘어났다. 1990년 대보다 2000년대에 우울증에 걸린 사람의 수가 7~8배 증가하였다고 한다. 또한 증오범죄나 화냄으로 인한 범죄가 몇 배로 증가하였다.

화, 「분노, anger」에 대해서라면, 화를 잘 내는 사람과 화를 잘 참는 사람으로 나눌 수 있다. 장자의 「빈 배」라는 글이 화난 마음을 가라앉혀줄 좋은 글이다. 「화」의 문제는 감정에서 비롯되지만 「화」를 절제하거나 참는 것은 의지적인 문제요. 이성의 힘을 발휘하는 데서 비롯된다. 「장자의 빈 배」 장자는 강에서 홀로 나룻배를 타고 명상에 잠기곤 하였다. 그날도 장자는 여느 때처럼 눈을 감고 배 위에 앉아 명상에 잠겨 있었다. 그때 갑자기 어떤 배가 그의 배에 부딪혀 왔다. 「화」가 치민 장자는 눈을 감고 생각을 했다. 「무례한 인간이군」 내가 눈을 감고 명상 중인데 어찌하여 내 배에 일부러 부딪힌단 말인가? 장자는 화난 표정으로 눈을 부릅뜨며 부딪쳐 온 배를 향해 소리를 치려고 하였다. 하지만 그 배는 비어 있었다. 아무도 타지 않은 빈 배였다. 그저 강물을 따라 떠내려고 온 빈 배였던 것이다. 순간 장자는 부끄러움을 느꼈다. 후에 장자는 제자들에게 이렇게 말한다. 「세상에 모든 일은 그 배 안에 누군가 있기 때문에 일어난다. 만일 그 배가 비어 있다면 누구도 소리치지 않을 것이고 화를 내지 않을 것이다.」 「그러니 세상의 강을 건너는 내 배를 빈 배로 만들 수 있다면 아무도 나와 맞서지 않을 것이다. 아무도 내게 상처 입히려 들지 않을 것이다. 내 배가 비어 있는 데도 사람들이 화를 낸다면 그들이 어리석은 것이다.」 내 배가 비어 있다면, 나는 다른 사람들이 화내는 것을 즐길 수 있다. 텅 빈 공간이 되어라. 사람들이 지나가게 하라」

바바라 베르크한의 「화나면 흥분하는 사람, 화날수록 침착한 사람」의 글을 읽어보면, 다른 사람들의 불쾌한 언행에 대해서 장자의 빈 배처럼 침착하게 대응함으로써 자신의 행복과 평안을 깨뜨리지 않게 하는 노하우를 담고 있다. 화가 나는 상황에 대해서 같이 화로 대응하려는 것이 인간의 기본적인 속성이다. 나 자신도 상당 부분 그런 면이 많다. 하지만 장자의 말처럼 자기 자신을 빈 배처럼 만들려면 오랫동안의 수련이 요구된다. 곧 자신을 「빈 배」로 만드는 훈련과 연습을 거쳐야 한다. 「텅 빈 마음으로 만든다는 것」은 불교나 도교에서는 아주 중요한 덕행이다. 화가 났을 때도 화로 대응하지 않고, 침착해진다는 것은 반드시 「텅 빈 마음」 「빈 배」의 교훈을 되새겨야 한다. 물론 적당히 화를 내는 것은 건강에도 좋다고 한다. 하지만 과도한 화를 내는 것은 상대방과 자신을 둘 다 상처를 입히고 심지어 파괴하는 악행으로 변하게 된다. 그러고 보면 「참으로 사람 되기 어렵다」라는 생각이 든다. 그래도 사람이 되어야 한다. 생각하는 사람이라야 제대로 된 사람이다.

두 개의 상반된 가치는 마치 하나로 이어진 도르래와 같아서, 둘을 나누어서 단정하지 말고 큰 하나로 보아 상황에 맞게 조절해 나가야 한다. 또한 작은 생각에 머물러서, 옳고 그름을 하나하나 세세하게 따지지 말고, 하늘을 뒤덮는 대붕처럼 크게 생각해서 너그럽게 이해하라는 것이다. 따라서 이렇게 바라보면, 추한 사람도 인기가 많을 수 있으며, 장애가 있는 사람도 보통 사람과 다를 바 없다는 것이 장자의 생각이다.

「어떤 것을 이래 볼 수도 있고 저래 볼 수도 있으니, 사소한 것에 집착하지 말고 자연을 따르며 긍정적으로 살자」 장자에서 말하는 無「무」는 자신이라는 존재조차 잊게 하는 열림의 자세로 모든 것을 포용하는 성격을 지니고 있는 거 같다. 따라서 장자의 無「무」는 단순히 '없다'라는 것이 아니라, 아는 것과 모르는 것이 하나로 통하여 깨달음의 길로 가자는 것이 아닌가 싶다. 장자에 나오는 무「無」는, 먼저 삶을 영위하는 데 있어 욕심을 부리거나 특별한 기대를 하지 않는다는 ①무대로부터 시작하여, 비록 삶이 세속적일 수 있지만, 온갖 명예와 부귀에 ②무심하게 자연의 변화에 따라 살아가는 것이며, 또한 세속적인 희로애락이나 욕정으로부터 벗어난 ③무정의 삶을 살며, 쓸모없는 굽은 나무가 천수를 누린다는 ④무용의 삶을 용으로 여기고, 명예 때문에 목숨을 벌릴 필요도 없고, 그러다 보니 갈등이나 시비가 없게 되어 치욕도 없는 ⑤무명의 삶을 살아가라고 한다. 그리고 공과를 중시하지 않으며 공로가 있어도 누리거나 탐내지도 않는 ⑥무공의 삶을 견지하며, 자기 자신을 잊고 천진난만하게 자연의 변화에 따르는 ⑦무기의 삶을 살며, 인위적인 목적 달성을 지양하며 순리에 따르는 ⑧무위의 삶을 살며, 모르면 약이고 알면 병이라는 자세로 억지로 알려고도 하지 않은 ⑨무지의 삶을 살며, 알아도 모른 척 몰라도 알려고 하지 않은 ⑩무언의 삶을 살라고 한다. 그리고 세상사 모든 것은 사필귀정「事必歸正」이란 말씀을 믿으며 일부러 강변하지 않은 ⑪무변의 삶을 살며, 세상사에 너무 따지며 않으며 시비와 가부를 초월하는 ⑫무시비의 삶을 추구하며, 피차를 구분하지 않아 시비를 초월하여 참다운 도를 체득할 수 있는 ⑬무피차의 삶을 살며, 귀천도 상대적이니 어느 게 귀하고 어느 게 천한가를 구분하지 않은 ⑭무귀천의 삶을 살며, 삶과 죽음을 자연의 순환과정으로 보아 일체시하며 초월하는 ⑮무생사의 삶을 보여준다.

또한 성공과 실패는 속인들이나 집착하는 바이니 성패에 매달리지 않은 ⑯무성패의 삶을 살며, 천도는 순환하며 시종이 없으므로 ⑰무시종의 도를 체득하며, 도에는 득실의 구분이 없다고 가르친다. 또한 얻은 게 있으면 잃는 게 생기는 게 자연 이치라며 ⑱무득실의 삶을 살라 하며, 대도는 순일하여 동이의 구별이 없고 보는 입장에 따라 같게도 보이고 다르게도 보이므로 ⑲무동이의 도를 추구하라 하며, 성인에게는 피차의 분별이 없고, 귀천의 구분이 없으므로 증애의 감정도 없으므로 ⑳무증애의 삶을 추구하라고 한다. 마지막으로 영욕의 구분은 속인이나 하는 짓이니 득도자로서 ㉑무영욕의 삶을 지향하라 하며, 우주는 일체요, 대도는 혼일 하여 속인들이나 하는 내외의 구분이 없는 ㉒무내외의 삶을 살라 주문하며, 대도는 형상이 없이 신묘함을 헤아리니 ㉓무형의 삶을 추구하라 말씀하고 있다.

「아름다운 여인은 스스로 아름답다고 교만하여 아름답게 여겨지지 않으며 못생긴 여인은 스스로 못났다고 겸손하여 못났다고 여겨지지 않는다.」「아름답고 좋은 일을 이루는 데에는 오랜 시간이 걸리는 것이다. 」「나쁜 일이란 그것을 고칠 여유도 없이 곧 다가오는 것이다. 친해지려면 오랜 시일이 걸리는 것이나 친한 사이가 헤어지는 것은 순식간이다.」

「아무리 작은 것도 이를 만들지 않으면 얻을 수 없고 아무리 총명하더라도 배우지 않으면 깨닫지 못한다. 노력과 배움 이것 없이는 인생을 밝힐 수 없다.」「아무리 작은 일이라 해도 하지 않으면 이루지 못하고 아무리 어진 지식이라 해도 가르치지 않으면 현명하지 않다.」「아침에 나는 버섯은 그믐날도 초하룻 날도 모른다. 사람의 생명도 이 버섯처럼 덧없는 이다.」「알맞으면 복이 되고 너무 많으면 해가 되나니 세상에 그렇지 않은 것이 없거니와 재물에 있어서는 더욱 그것이 심하다.」「양생 養生의 도 道는 마치 양을 칠 때처럼 자기의 뒤떨어지고 부족한 부분을 잘 알고 그것을 보충하는 일이다. 양을 치는 사람은 항상 무리에서 가장 뒤에 떨어져 처지는 양에게 매질하여 낙오되지 않게 한다. 사람의 양생도 이와 같으며 옛날에 어떤 자가 보통으로 양생을 하고 있었으나 불행하게도 호랑이에게 물려서 죽었다. 또 어떤 자는 호랑이가 있는 위험한 곳에는 가지도 않고 조심했으나 열병에 걸려서 죽었다. 이것은 어느 것이나 어떤 점에서는 조심했으나 자기의 결점을 보충하는 것을 잊고 있었기 때문이다.」「어떤 사람을 진인이라 이르는가? 옛날의 진인은 불행한 운명을 만나도 거슬리려 아니했고 성공한대도 자랑하지 않았으며 일을 일부터 도모함이 없었다. 이런 경지에 이른 사람은 비록 실수해도 후회함이 없고 일이 뜻대로 되어도 우쭐해 하거나 하지 않는다. 또 이런 사람은 높은 데에 올라가도 겁내지 않고 물에 들어가도 젖지 않으며 불에 들어가도 뜨거운 줄을 모른다. 그 지혜가 도에까지 올라가고 보면 이런 위력을 발휘하게 되는 것이다.

옛날의 진인은 잘 때에는 깊이 잘 뿐이므로 꿈꾸는 일이 없고 깨어 있을 때는 깨어 있을 때때로 마음에 걱정이 없었다. 먹는 데도 맛에 끌리지 않고 그 호흡은 깊고 고요하였다. 진인은 발 뒤꿈치로 부터 나오는 듯 깊이 숨을 내쉬지만, 범인들은 기껏 물에서 호흡하는데 그친다.」「어떤 것이라도 그 보는 처지에 따라서 이럴 수도 있고 저럴 수도 있다. 시비나 선악의 의론은 있어도 처지를 바꿔 보면 시는 비가 되고 비는 시가 된다.」「어리석은 것은 세상에서는 좋아하지 않는다. 그러나 그 어리석은 것에는 인간의 간교한 지식이 작용하지 않았으므로 그야말로 진정한 도에 맞는 것이다.」「영달해도 그 지위를 명예로 하지 않고 궁핍해도 그 경우를 수치라 여기지 않는다.」「왕자의 즐거움이라 하지만 여기에는 미치지 못한다. 만일 사람이 생사와 모든 것을 초월한다면 왕자의 즐거움보다 더한 즐거움을 맛볼 수가 있을 것이다.」

「장자가 초나라에 갔을 때 길가에서 해골을 만났다. 그래서 해골에게 너는 생전에 어떤 죄를 짓고 죽었는가 몹쓸 병에라도 걸려서 죽었는가 하고 해골을 불쌍하게 여겨서 물었다. 해골은 무슨 말을 하는 거요 당신들은 죽은 자의 즐거움을 아직 모르는 거요. 죽은 자에게는 군신의 관계도 없고 춘하추동의 변화도 없소. 남면 왕자 한 왕의 즐거움도 여기에 미치지 못할 것이요 하고 장자를 타일렀다고 한다.」 「외부의 사물에 굴복하고 있는 사람은 말하는 것도 목메인 소리를 내며 욕심이 많은 자는 그 정신의 기능도 천박할 뿐이다.」 「울지 않는 오리를 잡아라. 어차피 잡으려면 능력 없는 쪽을 잡는 것이 좋다.」 「산에 있는 큰 나무를 보고 제자가 장자 莊子에게 어째서 저 나무는 저렇게 오래 살 수 있느냐고 물었을 때 장자는 쓸모가 없기 때문이라고 말했다. 산을 내려와서 장자의 일행이 벗의 집에서 묵게 되었다. 벗은 반가워서 그 아들에게 울지 않는 오리를 잡아서 반찬을 만들라고 했다. 이 말을 들은 제자는 장자에게 산에 있는 나무는 쓸모가 없다고 해서 제명을 다할 수가 있고 오리는 울지 않는다고 해서 죽임을 당하니 사람은 재 와 부재의 어느 쪽을 취해야 하느냐고 물었다. 장자는 재 와 부재의 중간에 있는 것이 좋다. 재는 필요할 때 이것을 쓰고 필요 없을 때는 쓰지 않는다고 가르쳤다고 한다.」 「위나라 현인 거백옥은 나이가 육십이 될 때까지 그 사상과 태도가 육십 번이나 변했다. 그는 일진월보하여 정지하지 않고 육십에서 오십구의 비를 깨달았다.」「위에 앉은 관리는 단지 높이 뻗어 있는 나뭇가지처럼 높이 앉아 있을 뿐 별반 일은 없고 명리도 바라지 않고 백성은 들에서 노니는 사슴처럼 불평도 없이 유유자적하고 있다. 이런 것이 노장의 이상적인 사회이다.」「유능한 것은 물론 좋은 것이다. 그러나 그 능력이 오히려 살아가는 데 괴로움을 가지고 오는 수도 있다.

　　쓸모 있는 나무는 벌채되어 죽게 되고 쓸모없는 나무는 자연대로 천수를 다하게 된다. 능력 없는 자는 세상에서 기대되는 바도 없으니 따라서 평온무사하게 인생을 살아갈 수가 있는 것이다.」「음악 소리는 피리건 종이건 모두 그 빈 곳 공간에서 나오고 있다. 사람의 마음도 비우지 않으면 참된 마음은 나오지 않는다.」「의리를 숭상하고 육체나 생명을 비롯한 형이하의 것은 모두 도외시 해야 한다.」「이것은 활을 쏘는 데에만 집착하면 활 쏘는 것에 불과할 뿐 불사의 사는 아니다. 활을 쏘는 것을 의식하고 쏘는 활은 정말로 쏘는 것이 아니다. 열어구가 백호 무인에게 자기의 활 솜씨를 자랑했다. 백혼 무인은 당신의 활은 쏘기 위한 활이고 쏘지 않고도 목적을 이룰 수 있는 정말의 사도는 이르지 못했다. 그 증거로 내가 말하는 장소에서 활을 쏘아보라고 열어구를 데리고 높은 산의 바위 위로 올라가 열어구를 세우고 활을 쏘게 했다. 열어구는 그곳이 너무 높아서 몸이 떨려서 활을 쏠 수가 없었다. 즉 정말로 활의 달인은 어떤 경우 이 거나 활을 쏜다는 것을 의식하지 않고 항상 무위의 상태에서 활을 쏘는 것이다. 「이름이라는 것은 손님이다. 이름과 실은 주인과 손님의 관계에 있다. 손님만 있고 주인이 없어도 안 되는 것 같이 이름만 있고 실을 갖추지 않는 것은 아무 소용이 없다.」 「이 우주 사이에는 정말로 어떤 주재자가 있어 모든 것을 지배하고 있는 것 같다. 그것이 신이건 옥황상제이건 어느 것이나 대자연에는 불변의 조리가 존재한다.」 「이해관계로서 서로 맺어진 자는 일단 고난이나 재해 같은 곤란한 경우를 당하게 되면 곧 상대를 버리게 된다. 천연 자연으로 맺어진 골육이나 동지는 고난이나 재해를 만나면 더욱 서로를 돌보고 결합한다.」 「익숙한 요리사라도 일 년에 한 번은 칼을 바꾼다. 서투른 요리사는 말할 것 없이 한 달에 한 번은 바꾼다. 그러나 나는 칼을 쓰는데 무리하지 않기 때문에 십구 년을 쓰고 있어도 아직 새것이다.」

「인간의 시비는 끝이 없다.」「인내 함으로써 성사되는 것을 본 적은 있지만, 분노 함으로써 일이 이루어진 것을 본 적은 일찍이 없다.」「인정으로서 어버이를 잊어버릴 수는 없는 것이나 잊어버리고자 하면 잊어버릴 수는 있다. 그러나 어버이가 나를 잊어버리게 할 수는 없다.

자식이 어버이를 생각하는 정보다 어버이가 자식을 생각하는 정이 훨씬 깊고 크다.」「일이 비록 작더라도 하지 않으면 이룰 수 없고 자식이 비록 어질 더 라도 가르치지 않으면 현명하지 않다.」「입술이 없어지면 입술에 가까이 있는 이가 시리다. 입술과 이는 별개의 것이지만 관계가 깊다. 세상에는 얼른 보기에는 아무 관계가 없는 것 같지만 불가 분으로 연관되는 것이 있다는 말이다.」「있을 수 없는 일을 있다고 하는 것은 오늘 월 越 나라에서 온 자가 어제 여기에 왔다고 하는 것과 같은 것이다.」「눈에 보이는 것이 다 진실은 아니다.」

가문의 탄생

유럽에서 가장 부유한 가문 중 하나가 독일 두이스부르크의 하닐 가문이다. 이 가문은 대형마트 체인점 메트로의 3/1을 소유하고 있다. 가문의 수장인 마르쿠스 하닐은 매년 두이스부르크로 가족들을 소집한다. 물론 약 5백 명의 구성원 중 3/1만 참가한다. 가문의 단합을 위해서 나머지 일가친척에게도 매달 현금이 지급된다. C&A를 소유한 뮌스터란트 출신의 브레닌크마이어 가문도 이와 비슷한 전통을 잇고 있다. C&A를 설립한 클레멘스와 아우구스트에게는 총 8명의 아들과 43명의 손주가 있었고. 이제 이 가문은 300여 명에 이른다. 이 가문의 각 분파 대표자들은 매년 두 차례 암스테르담의 기업 본부에서 모이는데 남자만 대략 50명이다. 가족이 이렇게 많으면 다툼이 없을 수 없다. 가령 포르쉐 가문은 쵤암제의 쉬트구트에 있는 종가에서 회합을 할 때면 심지어 「집단역학」 전문 심리학자를 부른다.

인간이라는 종의 유지가 가족같이 허약한 구조에 의존한다는 사실이 늘 놀랍다. 부자나 모녀 사이처럼 서로에게 의존하는 인간관계가 원수지간처럼 그렇게까지 타락하는 이유가 무었일까? 혹시 우리가 일상에서 자주 목격하는 가정의 비극이란 제아무리 불가능한 일이라도 가능해진 반면 당연한 일은 오히려 더 힘들어지고 거의 불가능해져 버린 우리 현대의 산물이 아닐까?

익히 알려진 대문호 모스크바의 톨스토이 생가에 가면 유능한 가이드는 톨스토이 생전 가족사진들을 보여주며 설명한다고 한다. 「이 사진은 1889년 4월 16일 가족들이 엄청나게 다툰 후 찍은 사진입니다.」 「그리고 이사진은 1894년. 1896년 7월 12일 대판 싸우고 난 뒤 찍은 사진입니다.」 톨스토이 가족은 가정 불화가 심했다고 볼 수 있다. 감수성이 풍부한 사람이랑 사는 건 여간 힘든 게 아니다. 그 천재는 우리에게 아주 익숙하게 될 행사를 미리 체험해보고 글로 남긴 것이 분명하다.

우리의 경우 여러 문중마다 가문에서 장학금 지급은 물론 문중 내 할인이라는 제도도 있다 하니 피는 물보다 진하다는 말은 헛말이 아닌 셈이다. 최근엔 우리 가문의 소멸을 막고자 삼척심씨 문중에서 출산장려금이 화재가 되고 있다. 지난해 전국 출생아가 26만600명에 그쳐 합계출산율이 경제협력개발기구(OECD) 회원국 중 꼴찌(0.81명)로, 인구 절벽이 심화하는 상황 속에서 가문의 출생률을 높이기 위해 출산장려금을 지급한단다. 또 어떤 나라에서는 아빠 직업이 왕이나 수령, 추장이면 자녀에게 나라를 통째로 넘겨준다고 하니 왕 노릇 할만한가보다.

사람은 태어나면서부터 누군가와 연결되어 사는 내내 깊은 인연을 맺고 산다. 가장 먼저 부모와 형제. 그리고 부모의 혈연들이 있다. 나이가 들어 배우자를 맞으면 자녀라는 혈연을 얻는다. 부모와 자녀 형제와 부부 사이에서 촌수를 따지지 않는 건 가까움의 정도를 가늠하기 어려워서인지 싶다.

그래서 촌수를 부르는 건 일촌. 이촌이 아닌 삼촌부터 시작되는지도 모른다. 그런 명명에서인지 삼촌부터는 혈연의 농도가 떨어지고. 부모와 형제 배우자와 자녀를 가족이라 부른다. 가족과 친척을 구별하는 법은 의외로 간단하다. 고통에 공감하고 이를 함께 짊어질 수 있는지의 여부다. 가족의 불행은 가슴을 찌르고 친척의 불행은 연민에서 멈춘다. 친척과 달리 가족이라는 혈연은 각각 다른 몸인데도 기쁠 때 같이 기쁘고 슬플 때 같이 슬프다. 아니 오히려 더 기쁘고 더 슬프다.

불행히도 본인에게는 가족에 대한 선택권이 없다는 것이다. 운명의 사다리 타기. 혹은 팔자에 따라. 운에 따라 기쁨이 많은 가정에서 태어날 수도 있고 반대로 슬픔이 많은 가정에서 태어날 수도 있다. 시작부터 불공정하고 불공평한 출발선에 선 것이다. 불공평해도 너무 불공평한 세상이 엄연히 존재한다.

블랙독

영국 전 총리인 윈스턴 처칠은 우울증이 평생 자신을 그림자처럼 따라다녔기에 그는 자신의 지독한 우울증을 '블랙독'이라불렀다고 한다. 우울증과 블랙독을 처음으로 연관 지은 작가는새뮤얼 존슨인데 윈스턴 처칠이 블랙독의 비유를 쓰면서 이 표현이 수많은 사람을 괴롭히는 우울증을 뜻하는 별칭으로 대중화가 되었다고 한다.

내 안에 감춰진 또 다른 모습의 내 모습. 가면 혹은 그림자. 심리학에서 그림자「무의식」은 콤플렉스·트라우마·상처·억울함과 같은 우리 안에 숨기고 싶은 어두운 부분을 말한다. 이 그림자는 숨기거나 없애야 할 대상이 아닌 나의 소중한 일부이기에 그림자를 피하지 말고 마주해야 몸과 마음이 건강해질 수 있다. 어릴 때 겪은 심리적 불안이 내면 깊은 곳에 그림자 아이로남게 되면 마음속 깊은 곳에서 숨어 지내다 삶을 살아가면서 부딪치는 문제와 어려움으로 인해 어느새 힘이 세져서 그림자 괴물로 변하여 나타난다. 그림자 괴물을 피하지 않고 직면해서 잘 공감해주면 점점 희미해져서 힘을 잃고 사라져버리지만 블랙독 「우울감」과 같은 것들은 갑자기 나타나서 우리에게서 평화로운 마음의 상태를 빼앗아 버린다. 만나서 보살펴야 괴물로 성장하지 않는다. 칼 융이 이야기한 것처럼 「내 안의 그림자를 만난다는 것은 나의 가장 소중한 일부와 만난다는 것이다.」 만약 그림자 아이를 보살피지 않은 채 외면하고 살아간다면 지독한 외로움이 예측하지 못한 일로 인한 잦은 실수들이 쌓여서 자존감은 바닥을 보이고 어느새 그림자 아이에게 조종당하게 된다.

그림자 아이가 내면에 존재한다는 것은 아직도 해결되지 못한 상처가 있다는 것을 의미하기에 상처와 마주해야 한다. 어느 누구에게도 말하지 못했던 외로움과 어린 시절의 내가 무엇이 필요했었는지를 알아차린다면 과거의 부정적 감정들에 의한 생각과 왜곡으로 인해 느꼈던 불안을 발견할 수 있게 된다. 불안의 감정은 갑자기 호흡이 빨라진다거나 식은땀이 나거나 어둡고 밀폐된 공간에서 오래 있는 것을 힘들어하거나 입맛을 잃거나 잠을 자지 못하는 신체적 증상으로도 나타난다. 이런 증상은 내면 아이가 보내는 SOS라고 여기고 보호해주어야 한다. 그림자 아이가 커가고 있는 상태의 감정은 좋은 일도 과

소평가하고 나쁜 일은 과대평가한다. 그리고 결과에 지나치게 집중하고 걱정을 하게 되는데 이러한 지나친 불안은 몸의 에너지를 소모하여 기진맥진하게 만든다. 그림자 아이를 달래주는 방법에는 규칙적인 운동과 함께 스스로에게 「나는 안전하다」 「나는 편안하다」와 같은 긍정적인 말을 자주 해 주어야 한다. 그림자 아이가 두려워하는 것은 관심과 사랑이라는 것을 꼭 기억하고 가족이나 친구·동료·사람들을 신뢰하고 사랑을 주고받으며 친밀한 관계를 이어간다면 그림자 아이는 울음을 그칠 수 있게 되고 마음이 따뜻하게 될 것이다. 누구나 마음속에 그림자 아이 「내면 아이」를 안고 살고 있다. 그림자 아이는 태양을 피하고 싶었을 것이다

중독

중독'으로 인정되는 항목들은 2000년 이후 혹은 지난 몇 년 사이 폭발적으로 증가했다. 약물·도박·음식·일·흡연·쇼핑·운동·성 및 관계 중독까지 실로 다양하다. 나는 사회를 종종 백화점에 비교한다. 원하는 모든 것이 있고 원치 않는 것들도 있으며, 관심만 있다면 댓가를 지불하고 구매하면 된다. 우리가 필요한 것만 사고 백화점을 통째로 구매하지 않는 이유는 먹고 사는 데 아무런 지장이 없기 때문이다.

실 예로 여의도 파크원 백화점의 정식 오픈이 2021년 2월 26일 진행되었다. 서울 여의도에서 가장 높은(318m) 파크원은 대지면적 4만6,465㎡에 지하 7층~지상 53·69층 오피스빌딩 2개 동과 8층 규모의 리테일 1개 동, 31층짜리 호텔 1개 동 모두 4개 동으로 구성된 대형 복합 문화시설이다. 서울 롯데월드타워(555m), 부산 엘시티(412m)에 이어 국내에서 세 번째로 높

다. 연면적은 축구장 88개를 더한 62만9047㎡로, 여의도 IFC
의 1.3배, 63빌딩의 4배에 이른다. 오픈 당일 사람들은 운집했
고 교통 마비까지 오는 사태도 벌어졌다. 많은 사람이 모이다 보
니 크고 작은 일들이 있었고 그들은 「목적」을 달성하고 집으로
귀가 하였다. 귀가한 후 그 자리에 있던 사람들은 자신이 겪어보
고 느낀 점을 블로그나 각종 SNS에 올려 전파하고, 독자들의 선
택을 받은 게시글은 검증하거나 확대 재생산된다. 이 부분은 차
후에 다루도록 하겠다. 그중 우리는 지금 알코올 중독에 대한 이
해를 다루고 있다.

이제 알코올 중독의 원인을 다루려 한다. 알코올 중독을 일으
키는 원인은 무엇일까? 원인 규명은 중독 차단을 쉽게 하는 방
법이므로 매우 중요하지만, 이런 원인을 정확하게 밝히기는 어
렵다. 게다가 상습적인 음주자들에서 볼 수 있는 정신 병리의 범
위가 넓고 그 정도도 다양하므로 자연히 심리적 원인을 가정한
이론들도 많이 등장하고 있다. 이는 인간 행동에 영향을 미치는
중요한 요인으로 서로 밀접하게 관련된 생물학·사회학·심리학
적 측면까지 생각해야 하기 때문이다. 알코올 중독의 생물학적
원인은 신체 기능과 그에 따른 작용을 중시하는 관점이다. 신체
는 약물 성분에 점진적으로 적응하며, 너무나 적응적이기 때문
에 어느 한계를 지나면 약물 분자는 신체 기능을 위한 필수 물질

이 된다. 이런 원리에 따라 알코올을 과도하게 섭취하는 사람은 강박 증상을 나타내고, 알코올에 중독된 사람은 간경화, 뇌혈관 경색, 정신병과 같은 질병에 노출될 뿐 아니라 술을 마시면 이런 질병이 더 악화된다. 이는 유전 이론과 생화학적 이론으로 구분해 관찰할 수 있다.

1977년 심리학자 브루스 알렉산더는 환경이 약물 중독 극복에 어떤 영향을 주는지에 대한 중요한 실험을 했다. 그는 그동안 쥐를 이용한 약물 중독 연구가 그냥 '있는' 쥐를 대상으로 했다는 생각이 들었고, 쥐들을 자극이 풍부한 환경에 놓으면 어찌 될지가 궁금해졌다. 그래서 그는 쥐 공원「Rat Park」를 만들었다. 말하자면 쥐들을 위한 파라다이스였다. 파라다이스에서 쥐들은 마음껏 돌아다닐 수 있었고, 이것저것 궁금한 것들이 많았다. 당연히 암컷과 수컷을 함께 들였고, 가족을 꾸릴 수 있도록 했다. 알렉산더는 일단 16마리씩 두 무리의 쥐를 모두 모르핀에 중독되도록 만들었다. 그러고는 한 무리의 쥐는 쥐 공원에, 또 한 무리의 쥐는 고립된 무서운 공간에 넣었다. 중요한 점은 그 두 곳 모두에 일반 물과 함께 모르핀이 들어 있는 물도 함께 넣었다는 점이었다. 결과는 어땠을까? 쥐 공원의 쥐들은 대부분 모르핀에 반응했다. 그러나 시간이 지나자 차츰 그 녀석들은 모르핀에서 일반 물로 갈아탔다. 반면 고립된 공간의 쥐들은 여전히 모르핀을

탐닉했다. 두 집단의 쥐를 비교하여 보았을 때 고립된 우리 안에 있는 쥐가 환경이 좋은 쥐 공원의 쥐보다 모르핀이 든 물을 최대 16배나 더 마셨다.

빌 설리번은 이 실험 결과를 이렇게 해석한다.

"평균적으로 보면 우리의 행동 또한 이 실험에 참여한 쥐들과 그리 다르지 않다. 사람이 다행스럽게도 도파민 보상 반응을 자연적으로 자극해주는 환경에 살게 되면 대부분은 부자연스러운 자극 방법을 추구하지 않는다."

물론 환경이 전부는 아니다. 자극이 풍부한 환경을 만들어주면 마약 문제가 사라질까? 그렇지 않다. 이는 보편적인 원리이지만 만병통치약은 아니다. 그건 중독과 관련한 생물학, 생화학이 존재하기 때문이다. 즉, 접근 가능성이 높으면 노출 가능성은 커지며 선택 가능성도 높아진다는 것이다.

유전적 요인이 알코올 중독에 영향을 줄까? 유전 이론에서는 일단 긍정적이다. 알코올 중독을 일으키는 유전자가 유전돼 중독자로 됨을 상정하는 것이다. 이는 개인의 유전자 합성이 알코올 중독에 적합한 생물학적 메커니즘과 관련됨을 의미한다. 2020년 1월경 유전적 요인이 60% 가까이 된다는 자료는 통계청에 나와 있다고 존경하는 진병원 윤의사님이 말씀해 주셨다.

알코올은 섭취량에 따라 몸에 작용하는 알코올 성분에 의해 특정 수준의 취한 상태에 이를 수 있고, 이런 상태는 개인에 따라 차이가 있어 지속적인 사용에 영향을 줄 수 있다. 이와 관련해 알코올 중독자 아들의 경우 알코올 중독자 부모에게 양육됐든 정상적인 양부모에게 양육됐든 알코올 중독자가 되는 비율이 일반인보다 4배나 높다는 보고도 있다. 이와 대조적으로 알코올 중독자 딸의 경우 알코올 중독자가 되는 비율은 일반인과 비교해 별로 높지 않다. 이런 차이에도 유전적 구조가 환경 및 성격 요인과 결합해 특정 개인이나 집단에 높은 알코올 중독을 일으킬 수 있다. 부모가 알코올 중독자이면 자녀는 알코올 중독자가 아닌 부모의 자녀에 비해 중독자가 될 확률이 높고, 친부모가 약물 중독자인 입양아는 그렇지 않은 아이에 비해 중독될 확률이 4배로 나타난다. 어디까지나 통계청 자료를 인용해서 작성하는 것이다. 예외는 있다.

알코올 중독의 두 가지 유형이 있다고 주장하는 학자들도 있다. 이들은 유형 I「Type I alcoholism」과 유형 II「Type II alcoholism」를 구분한다. 유형 I은 중독 증상이 늦게 나타나고 술과 관련된 질병이 생길 가능성이 낮으며 반사회적 행동이나 사회적·직업적 문제를 일으킬 비율이 낮은 사람들이다. 이 유형에서는 알코올 중독자가 될 가능성은 일반인의 두 배 정도다.

유형Ⅱ 중독은 많은 직업적·사회적 문제를 일으키고, 술 관련 질병 유발 가능성도 높으며, 알코올 중독자가 될 가능성도 일반인이나 유형Ⅰ보다 훨씬 높은 9배에 달한다. 즉 첫 번째 타입은 조용히 마시다가 조용히 젖어 들어내면 아이와 많은 대화를 나누다가 죽어가는 스타일이고. 두 번째 타입은 갑자기 즐거워 보인다거나 말이 많아진다거나 폭력적으로 변하거나 힘자랑을 하는 등 외부에 표출하다가 제명에 못 죽어갈 스타일이다. 참고로 송현모씨는 첫 번째 타입에 가깝다고 볼 수 있다.

가계는 가족의 알코올 중독 특성을 중요시한다. 가족 알코올 중독「Familial alcoholism」은 알코올 중독자 가족에 중독자가 있을 가능성이 높음을 말한다. 이럴 경우 알콜 중독은 어렸을 때, 즉 20대나 그 이전에 발생하며 다른 중독자들보다 훨씬 심각한 양상을 보인다. 알콜 중독자 절반 이상이 가족 중에 알콜 중독자가 있으며, 이들 중 90% 이상이 친척 중 2~3명의 알코올 중독자가 있는 것으로 나타났다. 어릴 때 알코올 중독 진단을 받을수록 가족 중 알코올 중독자가 있을 가능성은 더 높아진다. 가족 알코올 중독의 경우 특히 심한 알코올 중독을 보이며, 회복 또한 다른 중독자들보다 더 어려운 것으로 나타난다.
이런 이유로 젤리넥은 "알코올 중독은 가족병"이라고 단정했다. 젤리넥 이후에도 많은 연구가 이뤄졌는데, 대부분은 일반인보다 알코올 중독자 집안이나 친척들에게서 훨씬 많이 알코올 중독이 발견됐다. 1979년은 알코올 중독이 가족 내에서 많이 발견된다는 논문 140여 개를 취합해 발표하기도 했다. 그의 문헌에 의하면 알코올 중독자의 경우 아버지 27%, 어머니 5%가 알코올 중독이었고, 남자 형제들의 12~50%, 여자 형제들의 2-13%가 알코올 중독이었다. 이는 가족에게 이어지는 우전적 성향이 알코올 중독에 밀접하게 관련되거나 영향을 주고 있음을 시사한다.

한 가지 흥미로운 현상이 있다. 알코올 중독자의 첫 세대가 중독 위험성을 가질 확률이 20%인데 반해, 위험률이 더 낮아야 할 두 번째 세대인 손자·손녀 대의 위험률도 비슷하다는 사실이다. 이의 이론적 배경은 알코올 중독자 자녀들이 알코올에 문제를 가진 배우자를 선호한다는 점이다. 연구에 의하면 알코올 중독자 배우자의 33%는 알코올 중독이며, 알코올 중독자와 결혼하는 여성 자신의 25%가 알코올 중독자라고 한다.

중독자 가정에서 자란 아이들이 중독되기 쉬움을 반증한다. 이런 중독의 특성은 다시 사회적 범죄에도 관련되는 편이다. 특히 중독이 심한 부모의 자녀들은 더 난폭한 행동을 보인다. 이 현상은 학습 결과로 부모의 폭력적 행동을 경험한 아동이 그만큼 폭력을 흉내 내기 쉽고 동일 행동을 유발하기 쉽다는 말이다. 이는 환경의 중요성을 일깨우는 것으로 부모들이 자녀의 성장환경에 더 신경을 기울여야 함을 시사한다. 성장 과정에 있는 아이들은 좋은 환경을 담보해야 함에도 불구하고 우리 상황은 그다지 녹록하지 않아서 안타까움이 앞선다. 환경이 다양하지 못해서인지 심리적 스트레스를 술로 풀려는 인상이 짙기 때문이다.

다음은 알코올 중독의 부모와 자녀와의 관련성을 보여주는 연구조사이다. 알코올 중독자들 자녀를 20년 추적조사한 결과 알코올 중독 대조군에서 아버지가 중독일 확률은 27.0%, 어머니가 중독일 확률은 4.9%였다. 이상의 연구에서 알 수 있듯 알코올 중독과 유전인자는 상당한 상관관계를 갖는다. 최근에 이뤄진 약물 중독에 대한 연구 결과도 알코올 중독과 거의 일치한다. 물질의 차이만 있을 뿐, 기타 여러 양상은 비슷하게 나타난다. 현재까지 알려진 바로는 중독자인 아버지로부터 아들에게 유전이 가장 잘 되고, 아버지가 어렸을 때부터 법적인 문제와 연루돼 알코올 중독에 이르렀고, 재발이 많이 일어나고 회복이 잘 안 될수록 유전이 잘 된다고 한다.

알코올 중독은 또 남자에게 많고, 그 비율은 남녀가 5대 1이다. 여성은 남성과 비교해 kg당 알코올 섭취량이 같을 때 체내에

잔존하는 알코올 농도가 더 많다. 그 이유는 체내에 수분 비율이 낮고 체지방이 많아 알코올 농도가 높고 알코올 분해 속도가 더 느리기 때문이다. 그러나 어머니가 알코올 중독이면 딸도 알코올 중독이 될 가능성이 크며 중독자의 딸들은 환경 요인에 의해 우울증이 많이 생긴다. 이는 어머니의 중독성이 자녀들에게 더 유전됨을 의미한다. 그 외에도 인종 차이도 있는데, 유대인과 중국인은 중독 성향이 적고 아일랜드인에게 많으며, 동양인과 비교해 서양인이 약물 중독 유병률이 높고, 중국인과 비교해 한국인의 유병률이 높다. 이런 차이들은 모두 유전성과 관련이 있지만, 문화와 환경이 영향을 준다.

생화학적 측면에서 모든 심리·행동 물질에 신체가 반복적으로 노출되면 신체는 약물 성분에 대해 점진적으로 적응한다. 인간의 신체는 너무나 적응적이기에 어느 한계를 지나면 약물 분자는 신체 기능을 위해 없어서는 안 되는 물질이 된다는 것이다. 이 이론은 신경전달물질의 생화학적 작용 기제가 규명됨에 따라 점차 확고한 이론으로 자리를 잡고 있는 편이다.

심리 및 사회적 이론과 비교해 약물 의존 상태에 대한 생화학적 설명은 상대적으로 새로운 이론으로, 오늘날 약물 의존에 대한 심리학적, 사회학적 원인보다 큰 비중을 차지하는 편이다.

그러나 이런 이론들에도 알코올 중독에 영향을 미치는 특정한 유전 기제가 밝혀지지는 않았다. 다만 여러 정황이나 연구로 볼 때 확실하게 유전되는 알코올에 대한 반응이 있는 점은 인정되는 편이다. 술을 조금만 마셔도 사람들은 졸음, 메스꺼움, 두통 등의 불쾌한 반응을 경험한다. 알코올에 대한 이런 반응은 동양인을 대상으로 많이 연구됐는데, 동양인의 2/3 이상이 술을 마시면 얼굴이 빨개지고 가슴이 두근거리는 경험을 한다. 이는 아세트알데히드의 작용에 의한 것으로 동양인들은 알코올을 분해하는 효소가 유전적으로 부족한 경우가 많기 때문으로 본다. 서양보다 동양에서 알코올 중독 비율이 더 낮으며 특히 여성의 알코올 중독이 더 적지만, 이는 유전보다는 문화적 영향 때문일 것이다.

　　유전이 알코올 중독에 얼마나 영향을 미치는가에 대해서는 실험적인 검증과 조사가 부족한 상태지만, 유전이 알코올 중독의 중요한 요인인 것은 확실해 보인다. 알코올 중독이 어떻게, 얼마나 유전되는지는 좀 더 연구돼야 한다. 이런 점은 생물학적 관점에서도 약간의 신체성과 심리성이 연관되는 알코올의 친숙성을 고려하게 만든다.

　　알코올 중독은 신체와의 친숙성을 간과할 수 없다. 이는 단순히 신체적 측면을 넘어 심리 및 정신적인 측면과도 상당 부분 연결돼 있다. 타인에게는 어떠하든지 적어도 중독자에게는 알코올

이 매우 친숙하다. 이런 특성은 모든 중독을 이해할 수 있는 요건이다. 무엇에 중독이 되었든, 당사자에게는 일단 친숙한 것이 기초가 되기 때문이다. 중독자들에게 알코올은 친숙한 약물이요, 친밀한 특성이거나 친밀한 관계다. 이를 다르게 표현하면 친숙성이란 사물이건 사람이건 애착의 기초라 할 수 있다.

알코올과 친숙하지 않고는 이를 가까이하기 힘들 것이다. 알코올 중독자가 알코올에 친숙하게 되면 개인의 관심과 마음이 알코올로 향한다. 이러한 친숙성에서 그들은 정신적 충족을 경험하는지 모른다. 그러기에 애정 관계에서 문제가 발생하는 사람일수록 알코올 중독에 빠지기 쉽다. 그런 점에서 단순히 신체적 충동의 틀에서만 이해할 수는 없다. 중독자의 본능적 욕구에서 충족되지 않는 부분을 알코올로 대신하려는 시도로 볼 수 있기 때문이다.

이런 점에서 애정 결핍을 느끼는 사람이라면 알코올 중독에 빠지는 것이 당연할지 모른다. 다만 심리에서 부족한 측면에 충족을 원하는 시도가 지나쳐 알코올 중독으로 이어졌다고 볼 수 있다. 물론 반대의 경우도 가능한데, 애정 결핍이 있는 사람의 경우 다른 것에 친숙성·집착성을 보일 수 있다. 이런 행위들은 모두 모양이 다를 뿐 특성에서는 일치되고 있는 점이 놀랍다.

중독자들에게도 개인차는 있다. 그러나 어떤 경우에도 개인적 경계들을 규정하는 것은 비중독적 관계를 위해 근본적이다. 그것은 다시 한번 자신의 심리와 신체에 직접 관련되기 때문이다. 이런 특성은 물론 그 경계가 무엇이고, 그것이 누구에게 속하는지를 확정하는데, 심리학적으로 말하자면 그렇게 함으로써 투사적 동일감을 좌절시키는 결과를 산출한다.

확실히 어떤 물질과의 분명한 경계들은 합류적인 접촉과 친숙성을 유지하는 데 매우 중요하다. 알코올에 대한 친숙성은 중독자에 의해 이뤄지는 것으로 이는 다른 사람에게 흡수되는 것이 아니라 중독자의 특성을 아는 것, 그리고 중독자의 특성을 습관적으로 활용하게 만든다. 그러다 보니 알코올 중독자가 알코올에 자신을 개방하는 일은 역설적으로 개인적 경계를 요구한다. 그것이 보이지 않는 자신과 술의 의사소통 현상이기 때문이다. 여기에는 물론 중독자의 감수성과 전술도 요구하게 되는데, 술을 개방하는 것이 그대로 개인적 영역으로 이어지기에 습관으로 발전하고 생활 일부분이 되기 쉽다.

중독자들은 이런 환경에서 경험하는 알코올에 대한 개방성과 민감성, 그리고 신뢰의 균형을 점차 상실해 간다. 이런 점에서 중독자들이 알코올로 인한 개인의 인격적 경계들이 그러한 의사소통을 돕느냐, 방해하느냐를 결정하는 요인이다. 이미 중독자에게는 신체에 익숙하거나 친숙해져 버린 알코올이 때로는 어떤 사람보다 다정한 것으로 멀리하기 어려운 대상이다. 그래서 혼자서도 술을 찾을 수 있고 그것이 자신의 마음을 이해해 줄 어떤 사람보다 편하고 쉬운 상대, 즉 물질이 돼 버린 것이다. 이는 알코올과의 친숙성이 중독자에게는 신체 심리적인 면을 아우르는 이유다.

우리는 이상에서 알코올 중독의 생물학적인 원인을 고찰했다. 생물학적인 원인에서 알코올은 신체적인 변화를 일으키고 그에 따른 행동을 요구했다. 알코올 중독의 생물학적 원인이 겉으로 매우 신체적 측면이 있는 듯하지만 실제 심리적 측면도 상당히 결부돼 있음을 간과할 수 없다. 생물학적 측면은 알코올로 인한 몸의 변화를 설명하지만, 알코올을 요구하는 내면의 감춰진 심리적인 원인을 밝히지 못하고 있다.

알코올의 생물학적 원인이 신체적 측면을 넘어서고 있다면, 그것은 보이지 않는 심리적인 측면을 포함하고 있어서다. 현상적으로 보이는 신체의 측면과 보이지 않는 내면의 문제를 구분하고 있지만, 말처럼 쉬운 것은 아니다. 이는 생물학적 특성이 갖는 장점이면서도 단점이다.

신체적 원인이 보이는 측면이라면, 보이지 않는 내면은 심리적인 측면이다. 이는 인간이 가진 본성과 상당히 결부돼 있으면서 어떤 측면은 행동을 유발시키는 동기나 욕구, 그리고 충동의 특성까지 연계돼 있다. 그러니까 알코올 중독의 생물학적 원인은 신체적 습관처럼 느껴져도, 실제 중독자가 무의식적으로 결여된 부분을 보충하려는 시도를 하다 일정한 틀에 묶여 벗어날 수 없는 정도에 이르렀거나 다른 형태의 충족을 위한 시도로 중독이라는 특별한 행동 특성을 신체 안에 형성한 결과다.

이런 특성은 모든 중독, 즉 게임이나 도박 그리고 성「sex」 중독 등이 매우 심리적임을 의미한다. 그것이 비록 신체적 특성으로 드러나고 물질적인, 그리고 자신의 능력을 인정받을 수 있게 드러난다 해도 누군가에게 의존하고 싶고 누군가를 가까이하려하고, 자신의 존재 가치를 인정받으려는 노력의 일환이 되는 심리적 보충이기 때문이다. 이는 알코올 중독의 원인에서 심리적 측면을 중요시해야 하는 이유다.

광야에서

　성경 출애굽기에 보면 이스라엘 백성들이 40년 동안 걸었던 광야는 메마르고, 물이 없으며, 독뱀과 전갈이 있는 위험한 공간이었다. 우리네 인생에도 광야는 있다. 그런데 광야는 인생에서 가장 어려운 시기가 광야가 아니라 인생 자체가 광야이다. 우리가 살고 있는 인생의 광야는, 겉으로는 고난과 슬픔의 모습을 하고 있다. 그렇지만 진짜의 모습은 축복과 기쁨인 것이다. 사막은, 물을 담아내지 못한다. 비가 와도 물이 땅으로 빠르게 흡수되므로 생명이 자랄 수가 없는 것이다. 반면, 광야는, 물이 있으면 생명이 살 수 있다. 광야에는 비가 오면 풀이 자라고, 꽃이 피고, 생명이 자라는 것이다. 인생의 광야에서 우리는 살고 있는 것이다.

　넓디넓은 황무지인 이곳은, 지구상에서 가장 험하고 황량한 지역이다. 지금도 하이에나 도마뱀, 대머리 수리 등이 있다. 광야는 어떤 곳일까? 광야는, 민감해지는 곳이다.

절벽에 올라가 보기도 하고, 동굴에 직접 들어가 보기도 하면. 이 험한 환경에서, 어떻게 살았을까 상상해 보게 된다. 모든 것이 낯설고, 생소하고 이질감이 느껴질 것이다. 한 시간 정도쯤 지나면, 감각-시각, 청각, 후각이 예민해지기 시작한다. 광야에서는, 그렇게 된다. 더 많은 것을 보고, 들으며, 느끼게 되고, 더 많이 믿게 된다. 이것이야말로 우리 가슴에서, 광야가 그토록 중요한 위치에 있는 이유이다. 사람도 거의 살지 않는다. 짐승들이 조금 있기는 하지만, 눈에 잘 띄지 않는다. 소음도 없다. 그런데 이러한 고독 속에서, 눈이 열린다. 감각이 생겨난다. 신성함이 드러난다. 사막이라는 말도 유사한 표현이지만, '모래 사(沙)'자와 '사막 막(漠)'자를 사용하고 있는데, 사막은 광야보다 더 생물이 살아가기가 힘든 조건이라 할 수 있다. 대부분의 사막은 비가 거의 내리지 않아서 인간과 동물뿐만 아니라 각종 식물도 생존할 수가 없다. 그런데 광야도 아닌 사막 한가운데 버려진 스무 살 어린 신부의 이야기가 있다.

이 실화는 「사막에 숲이 있다 / 이미애, 서해문집」이라는 책에 소개되어 있고, 그 이후 여러 TV 방송을 통해서도 많은 사람에게 알려졌다. 중국의 4 대 사막 「타클라마칸, 고비, 바단지린, 마오쑤우 사막」 중 하나인 내몽고 마오쑤우 사막에 80만 그루의 나무를 심은 인위쩐이란 어린 신부가 주인공이다. 1985년 갓

스무 살이 된 인위쩐은 그녀의 아버지 손에 이끌려 중국의 네이 멍구에 있는 마오우쑤 사막 징베이탕 지역에 사는 바이완쌍이란 청년에게 시집을 가게 된다. 인위쩐은 집으로 데려가 달라고 울며 애원했지만, 그녀의 아버지는 그녀를 그 사막에 버려두고 떠나버렸다. 그녀의 신혼집은 토굴 같은 곳이었고, 천장은 금방이라도 주저앉을 것 같았다. 한숨 한 번만 크게 내쉬어도 볕에서는 흙이 우수수 떨어졌고, 퀴퀴한 냄새의 이불 한 채와 깨진 거울 그리고 이 빠진 그릇들과 성한 냄비 하나 없는 부엌과 좁쌀 한 줌이 먼지처럼 달라붙어 있는 곡식 항아리가 살림 전부였다.

어린 신부는 결혼 후 그 사막에서 약 40일 동안 사람 하나 지나가는 것을 못 봤다. 그러던 어느 날 그 앞을 지나간 사람의 발자국이 모래에 남은 것을 보고 그 발자국 위에 대야를 덮어 사람이 그리울 때마다 그 대야를 열어 발자국을 보며 위안을 삼았다고 한다. 마오우쑤 사막의 징베이탕은 우물도, 새도, 풀도, 사람의 발자국조차 구경하기 힘든 죽음의 땅이었다. 인위쩐은 친정집으로 돌아가겠노라고 날마다 울며 남편에게 하소연했다. 그러나 자신을 따라 함께 울고 있는 남편 바이완샹의 순한 눈망울이 그녀의 발목을 잡았다. 눈물을 거둔 인위쩐은 남편에게 사막에 나무를 심어 그곳을 사람 살만한 곳으로 만들자고 하게 된다. 「내가 빠져나갈 수 없다면 차라리 이곳을 살만한 땅으로 만들자」

그녀는 결혼할 때 친척이 준 양 한 마리를 팔아서 작은 묘목 600 그루를 사면서부터 사막에 나무 심는 일을 시작했다. 여린 체구에 하루 마흔 번의 물지게를 짊어지고, 매일 20km 내외의 사막을 걸어서 나무를 심고 물을 주는 일을 하루도 거르지 않고 하게 되었다. 그 일은 결코 쉬운 일이 아니었다.

1988년 3월 29일, 그녀는 묘목을 등에 업고 큰 모래 언덕을 넘어가고 있었다. 당시 만삭이었던 그녀는 그 순간 현기증이 났었고 등에 나뭇가지들을 짊어진 채로 그 모래 언덕에서 굴러떨어졌다. 엄마 뱃속에서 9개월간 세상에 나올 날만 기다리던 태아는 결국 유산하게 되어 황량한 모래 언덕에 묻히게 되었다. 그런 모진 시련 속에서도 인위쩐과 그녀의 남편은 매일 사막에 나무를 심어 돌보는 일을 했다. 처음에 심었던 600그루의 묘목 중에 절반정도인 300그루가 죽지 않고 살아 손톱만 한 작은 새싹을 밀어내며 강한 생존력을 보여줬다. 그렇게 15년 가까이 지난 1999년에 인위쩐이 일이 있어 도시에 갔다가 거기서 우연히 기자들을 만났는데, 사막 한가운데에 숲이 있다는 인위쩐의 말에 깜짝 놀란 기자들이 징베이탕에 방문하게 되고, 이 일이 세상에 알려지게 된 것입니다. 사방 수십 킬로미터 안에는 아무도 살지 않는 사막 한가운데에 커다란 숲이 만들어져 있었던 것이다. 그녀의 이야기는 중국 내에 큰 화제가 되었다.

농업계 고등학교 학생들과 군인들과 정부 관리들과 농부와 유목민 등등이 그녀가 일구고 있는 사막인 징베이탕에 와서 함께 숲을 만드는 일을 도왔다. 버려졌던 땅에 숲이 생겼고, 사막이었던 곳에 길이 뚫리고, 우물이 생기고, 전기가 들어오게 되었다. 그녀의 친척들도 하나둘씩 그녀를 도우러 사막으로 들어왔다. 2002년 징베이탕에서 참마 5000kg, 메밀 1500kg, 녹두 3000kg 그리고 옥수수를 재배한 면적은 4000평이었다고 한다. 연약한 한 여인이 20년 동안 여의도 면적의 10배에 해당하는 넓은 사막에 80만 그루의 나무를 심어 숲을 만들었고, 사람 살만한 곳으로 만들었다는 것이다. 그녀는 이런 말을 남겼다. "이곳에선 울어야 할 이유만 있는 줄 알았는데, 살아야 할 이유도 있었습니다. 그리고 사막을 피해 돌아가서는 숲으로 갈 수 없다는 걸 알았습니다. 사막에 나무를 심었더니 그것이 바로 숲으로 가는 길이었습니다. 우리는 어떤 어려운 상황을 만나면, 그걸 피하고 싶어한다. 그리고 우리 아이들이 어떤 걸 하기 힘들어하면, 「힘들면 하지마…」이렇게 말하기도 한다. 그런데 우리 아이들이 언젠가 부모의 곁을 떠나 혼자 독립해 살아갈 때, 사회 속에서 힘든 일이 없겠나? 그때마다 피하기만 한다면, 과연 성공적인 인생을 살아갈 수가 있을까? 그렇게 어쩌다 어른이 되고, 어쩌다 부모까지 되었는데, 인생의 광야를 견뎌낼 수 없는 근력이 하나도 없다면 어떻게 이 세상을 살아갈 수가 있을까? 힘들고 어려울 때는 울어야 할 이유만 있는 줄 알았지만, 그 인생의 광야 속에서 숲을 만들어 갈 때는 살아야 할 이유를 찾게 되는 것이다.

그리고 그 인생의 광야를 계속 피하기만 하면 숲으로 갈 수 없지만, 그 광야에 나무를 심기 시작하면 그것이 바로 숲으로 가는 길이었다는 것이다. 이 세상에 살면서도 분명 피하거나 돌아가고 싶은 인생의 광야를 경험하게 될 것이다. 그러나 그런 시련들 앞에서 늘 피해만 다니지 말고, 인생의 광야와 같은 그 현장에 꿈과 비전의 나무를 심어나가길 바란다. 그래서 그 광야가 기적의 현장이 되고, 새로운 역사를 쓰는 곳이 되길 축복이기를 바란다. 지금 인생의 광야에 있을지라도 결코 포기하지 말라. 광야와 사막도 얼마든지 사람 살만한 곳이 될 수 있는 것이다.

산다는건

    산다는건. 살면서 너무 힘들어 죽음에 대한 생각을 가끔 하곤 했었다. 나는 내가 경험하는 롤러코스터와 같은 감정 기복이 내 마음속에서만 일어나는 것이 아니라 대부분 사람에게 공통적으로 일어난다는 사실을 알게 되었다. 물론 그 깨우침 덕에 고통이 사라지진 않았지만. 고통을 바라보고 견딜 수가 있는 작은 힘이 생겼다. 외면하지 않고 당당히 맞서지는 못하더라도 회피하거나 도망가지는 않는다.

    자연의 순리인가. 봄.여름.가을.겨울 시절의 순서대로. 모든 것은 피어나고 죽어 이별을 한다.

    나이 든 사람들. 가까이는 가족으로부터 인연을 맺고 지낸 친구와 이웃까지. 그들은 대체로 지나온 시절들에 대해 좋은 삶을 살았다며 만족하고 있었고 자신의 삶이 끝나는 것에 대해 그다지 슬퍼하지 않았다. 자신의 삶이 지금 끝난다 해도 크게 불평하지는 않았다. 분명한 건 나이가 많은 사람일수록 죽음에 대해 초연해진다는 것이었다. 그는 스스로에게 묻고 말한다. 만일 오늘 죽는다고 해도 이미 좋은 삶을 살았다고. 그에게는 따뜻한 부모님이 계셨고 좋은 친구들이 있었다. 멋진 사람들과 아름다운 여행을 했다. 자신이 세상에서 쓸모있는 존재라는 느낌도 가끔 받아봤으며. 한 번도 해결 못 한 짐을 가진 적이 없었다. 어떻게든 해결하고 넘어왔다. 대부분 사람들보다 좋은 환경으로 살아왔다고 여겼다.

죽음에 대한 두려움. 그것이 가장 견디기 힘든 것은 아니었다. 그보다 송현모씨를 불행하다고 생각하게 하는 건. 다름 아닌 남겨질 사람들에 관한 생각들이었다. 다시는 그들을 못 보게 될 것이고 그가 죽은 것을 알면 남아있는 사람들은 슬퍼할 것이기 때문이다. 특히 부모님이 슬픔은 훨씬 더 클 것이다. 아무리 세상에 이런 일이 자주 일어난다 해도 자식의 죽음을 겪는다는 것은 정상적인 일이 아니기 때문이다. 그럼에도 불구하고 남은 사람들은 살아가야 한다.

그날. 그 이후부터 송현모씨는 매 순간 삶이 경이로움으로 가득 차 있음을 느꼈다. 그러나 그 느낌이 그렇게 오랫동안 지속되지 않으리라는 걸 그 자신도 알고 있었다. 그가 만난 사람 중에서도 역시 죽을뻔했던 사람들이 있었다. 거의 모든 사람이 죽어

나가던 중환자실에 누워 있는 사람들

　그는 구덩이에서 가까스로 빠져나와 구출된 직후 삶이 너무도 아름답다는 걸 깨달았노라고 송현모씨에게 말했다.

　「영웅담」 그러나 그들은 얼마 안 가 평범한 일상의 자질구레한 사건들 속으로 다시 되돌아갔다. 지속적으로 반복되는 몇몇 기억들은 제외하고. 그리고 죽음을 가까스로 모면했던 그 순간을 잊고 다른 사람들처럼 출퇴근하고. 이웃 집간 층간 소음이 심하다고. 화를 내곤 한다. 송현모씨는 경이로운 삶에 대한 감동이 남아있는 동안에 그것을 자유롭게 마음껏 누리고 싶었다.

알코올 중독

세상에 수많은 금령들이 있다. 먹어본 사람은 잊을 수 없다는 삼겹살, 치킨, 소고기!! 아는 맛이 무섭다고 한번도 먹어보지 못한 사람은 있어도 한 번만 먹어본 사람은 없다는 그 맛!! 모를 땐 몰랐는데 없을 땐 생각도 안 나는데 눈앞에 그것이 있을 때면 그것은 참기 힘든 고욕이다. 그중에서 술이 빠지면 섭섭한데 그 이유는 술을 마시면 견딜 수 없는 것들을 견디는 것이 훨씬 수월해진다는 것이다. 한창 마실 때는 해야 할 일들을 시작 하기 전에 한잔... 한모금... 마시고 해야 할 일들을 마치고 후련한 마음으로 마신다. 처음에는 쓰고 독한 술이 술기운이 돌면 어찌나 달고 맛있던지. 어떤 일이라도 거뜬히 해결할 수 있을 것 같은 자신감마저 생겨난다. 나를 괴롭히고 있던 수만 가지 근심·걱정. 무겁게만 느끼고 있던 짊어지고 있는 짐들의 무게는 별것이 아닌 게 된다. 그런 감각에 익숙해지면 맨정신으로는 견디기 힘든 상태가 되는 것이다.

「운동을 마치고 땀을 흘린 후 샤워하고 시원한 맥주를 마셔본 적이 있는가?」 이러한 경우라면. 경험을 한 상태라면 그 목 넘김의 순간을 잊을 수는 없을 것이다. 그 짜릿한 느낌. 한잔의 막걸리가 주는 포만감. 한 모금의 소주가 주는 목 넘김이. 목 끝을 타고 내리는 청량감과 쾌감은 진정 매혹적이다. 난 그 느낌이 좋았다. 그것을 대체할 엄청난 보상이 필요했다. 처음 술을 마신 데는 그만한 이유가 있다. 술이 있으니까. 술 마시는데 관대한 사회 분위기와 합법적으로 문제가 없으니까. 많이도 마셨지만 꾸준히 마셨다. 술은 몸에 해악하다. 그거 모르는 사람은 없다. 이곳에 모여있는 사람들은 그 사실을 알고 있다. 그런데 왜 마실까? 그 것은 경험해보았기 때문이다.

입·퇴원을 반복하면서 화공약품인 술을「그냥」마셨다. 참고로 소주는 화학약품 알코올에 감미료를 첨가한 화공약품이지만 사회가 묵인한 불량 음료수이다. 처음에는 누구 때문에 무엇~때문에 마셨으나 나중에는 아무런 이유 없이「그냥」마신다. 사실 이유는 수만 가지. 사실 이유를 만들라면 셀 수도 없이 만들어 낼 수 있다. 술꾼들은 머리가 좋아 창작가의 기질들이 있어 생각을 많이 하고 고뇌하며 감성적이고 새로운 세상을 창조해 내는 아주 특별한 능력을 소유한 아티스트였던 것이다.

모인 사람들 중 사연 없는 사람은 없었다. 사연만으로는 어벤져스급이다. 모두 술 때문에 문제가 돼서 들어왔지만, 사정을 들어보면 술을 마셔야 될 이유가 있었다. 군대 시절 무용담 들어보듯 듣다 보면 소설이 따로 없다. 이분들의 이야기를 드라마로 풀어낸다면 시청률은 보장한다. 굴곡 많은 인생들이 모여있는 곳이다.

나에게만 비가 내리던날. 회복을 기대하며 당당하게 퇴원했던 이곳에 재발로 인해 스스로 다시 재발로 입원하게 된 사실을 받아들이기 힘들었다. 평소처럼 밝은 표정이었지만 울분이 북받친다. 억지 춘향으로 안내원의 안내를 받아 엘리베이터에 올랐건만 가슴속에서 흐르는 눈물은 강물이 되어 범람한다. 엘리베이터는 4층에서 멈춰 섰고 문 좌측에 카드키를 갖다 대자 출입문이 스르르 열렸다. 환의를 지급받고. 이어진 소지품 검사. 반입금지 물품이란다. 면도기. 손톱깎기. 날카롭고 긴 쇠붙이. 병. 유리컵. 액체. 거울. 라이터. 비닐봉지. 가방끈. 운동화끈. 볼펜. 샤프. 손목시계. 스프링 노트 등등 환자 안전을 위해서 병원 데스크에서 보관한다고 한다.

안내원의 안내에 따라 간 곳은 일명 CR실. 간이침대 하나 딸린 독방에 가둬두는데 하룻밤만 자고 병실 배정 해준다고 하여 환의로 갈아입고 침대에 누워 천장을 멍하니 바라보았다. 벌써 3번째 입원이라 거부감이나 부담감은 들지 않았다. 옆 격리실에서는 이따금씩 문을 차고 고성이 흘러나왔다. 잠이 오지 않았다. 내가 뭘 그리 잘못했다고 나를 이곳에 다시 입원시켰을까? 차라리 입원시키는게 위태위태해 보이는 나를 위한 최고의 방법이었을까? 이런저런 생각을 하다 문득 아버지의 뒷모습이 생각났다. 못난 아들 때문에 40넘은 막내 아들 뒷치닥 거리를 아직까지 하고 계시고 구부정한 어깨를 생각하며 코끝이 찡해졌다. 예전에는 우러러볼수록 커 보였는데..병원에 입원시키시고 가시는 아버지를 포옹하는데 많이 여위셨다는 생각이 들었다. 보내시는 심정은 더 아플 거란 생각이 들었다. 나도 나이가 들어 여성 호르몬이 늘어 난 걸까….

다음 날 아침. 데스크 앞으로 나가 복도 양옆으로 있는 병실들을 바라보았다. 이윽고 수간호사로 보이는 사람이 남은 병실이 6호. 7호 있으니 고르란다. 나는 지체없이 7호를 선택하였고 7호 문을 열고 들어가니 빨래 건조대가 있었고 냉장고 두 대. 진짜 같은 가짜 세면대가 일렬로 늘어서 있었다. 벽 쪽에는 통유리가 있다. 양쪽으로 두 군데 있고. 앉으면 가슴높이쯤에 한 뼘쯤 되는 「약 20cm」 창문이 있으며 바람이 자유로이 들락날락하는 바람구멍이 있다. 고속버스 터미널 매표소 느낌이다. 창문 밑으로 병원에서 보는 철제침대는 간격을 유지한 체 세 개가 있고. 중간 중간에 개인 사물함이 비치되어 있다. 일단 방 분위기를 눈으로 재빨리 스캔하고 공기 흐름을 체크한다. 다행히 무겁지는 않다.

맞은편 침대를 배정받았고. 새 시트를 씌운 침대에는 가방 하나와 라면상자 한 개 그리고 온갖 물건을 쑤셔 넣은 노란색 이마트 노란 쇼핑백이 올려져 있다. 누가 진병원에 입원한 거 모를까봐 진병원 로고가 새겨진 담요와 베개가 정리되어있었다. 짐들을 풀고 사물함에 정리하니 어느덧 식사 시간이란다. 포크 숟가락으로 대충 한술 뜨니 곧이어 담배 피우는 시간이란다. 담배 피우는 시간은 하루에 6번인데 15분씩 주어진다. 담배 피우는 장소는 건물 옥상이었는데. 데스크 앞 출입구를 열면 계단이 나오고. 44계단을 오르면 담배를 피울 수 있다. 애연가 일행은 주어진 시간에 일을 마치려 드문드문 자리를 잡고 담배를 피워대고 있었다. 연달아 줄담배를 피워대고. 머리가 하얀 어르신이 신분증 잉크도 안 마른 놈에게 불을 빌려준다. 이는 바깥세상에서 보기 힘든 병원만의 미풍양속이다. 과부가 과부 사정 알아주듯 이것이 공정이다. 바깥세상에서 보지 못했던 공정과 공평과 정의를 여기서 경험하게 될 줄이야. 옆 침대 형님은 병원에 입원하신 지 4년이 넘었다고 한다. 병원에서 눈인사하곤 했지만 이제부터 둘 중 누가 퇴원하기 전까지 같은 병실을 써야 하니 간단한 호구

조사를 했다. 50대 중반이시고 옆 동네 은행동에 사시며 두 아들을 두고 건축업을 하셨던 형님은 얼떨결에 들어와서 계속 계신 거라고 한다. 병원 생활에 경험과 연륜이 있어서 그런지 풍채에서 뿜어져 나오는 아우라가 훌륭했다.

이 형님의 제일 큰 걱정은 아들 장가 문제란다. 여자친구는 있다는데 장가를 안 가서 고민이란다. 손주 만나면 술 안 마시고 애들도 봐줄 텐데 라며 고민을 토로하신다. 나는 그냥 들어줄 뿐. 미소만 띤다. 병원에서 퇴원 하시던 날 건강하게 말을 하고 인사를 나눴다. 6월 21일 누리호가 발사됐다. 7월 1일엔 종로 르메이에르 냉각탑이 파손되어 건물 내에 있던 사람들이 대피하는 소동이 있었다. 7월 8일 일본의 아베 전 총리가 피습 사망했고. 8월 5일 달 탐사선 다누리가 지구를 떠났다. 8월 8일 115년 만에 폭우로 인명피해가 있었고. 8월 30일 고르바초프의 사망. 9월 3일 다누리에서 첫 사진을 보내오고. 9월 7일 태풍 힌남노로 지하 주차장 인명피해가 있었고. 9월 9일 엘리자베스 여왕이 죽었다. 그간 옆 침대 형님은 퇴원하셨다가 다시 다른 병원으로 입원하셨다고 한다. 일명 회전문 입원환자라고 한다. 그나마 형님은 다행인 셈이다. 병원에 입원한 게 다행일 것이다. 이런 곳에 오래 머물다 보면 우울해지고 무기력과 자괴감에 빠지는 경우가 많은 거 같다. 알코올 중독자에게도 흔히 나타나는 증상이라고 연구 결과가 있는데 나는 그날에 동의한다.

　첫 잔을 시작할 때 「딱 한 잔만」이라는 마음으로 시작하였으며 그 한잔으로 그동안 단주하면서 이뤄낸 결실들이 엉망이 되어버리라고는 예측하지 못했다. 한동안은 진짜 첫 잔으로 음주를 멈출 수 있었으며 그 사람 다음에도 내가 의도한 양대로 음주가 멈춰져 열심히 노력한다면 조절음주가 가능하다고 여기며 지낸 시간도 있다. 단주하는 과정에서도 술과 관련해 나를 의심하는 가족. 술 마시지 말라고 걱정해 주는 친구들. 무료한 시간. 앞날에 대한 걱정 등이 있는데 이러한 것들을 생각하면 내가 처한 상황이 원망스럽고 앞으로도 그 상황이 변하지 않는다면 단주는 불가능 하다라는 깨달음을 얻을 것이다. 엄청 독하게 마음먹기 전까지는 힘들 거란 것도 안다. 퇴원 후 자신에 대한 확신을 못하기 때문이다. 코이라는 물고기가 있다. 관상어 중에 「코이」라는 물고기가 있다. 이 물고기는 희한한 게 자라는 환경에 따라 몸집의 크기가 달라진다는 것이다. 작은 어항에 넣어두면 어항에서 살 만큼의 크기로 자라지 못하지만 커다란 크기의 수족관이나 연못에 넣어두면 그에 맞는 크기까지 자라게 된다고 한다. 강물에 놓아 방류하면 사람 크기만큼 자라난다고 한다. 같은 물고기인데도 불구하고 어항에서 기르면 피라미가 되고. 강물에 놓아 기르면 대어가 되는 참으로 신기한 물고기이다.

생각해 보면 우리네 삶과 비슷한 점이 있다. 사람들 또한 이 물고기처럼 환경에 지배받으며 살아간다. 물고기도 노는 물에 따라 크기가 달라지듯이 사람 또한 매일 만나는 사람들과 주변 환경과 생각의 크기에 따라 자신이 발휘할 수 있는 능력과 꿈의 크기가 달라지기 때문에 환경「퇴원」이 바뀌면 장담할 수가 없다. 인간은 불완전하기에. 누굴 탓하리. 신을 탓해야지. 신이 그렇게 만들었기에 뭐 어쩔 수 있나. 신도 완벽하지는 않은 거 같다. 사람에 따라 다르겠지만 이번의 실패를 좌절로만 받아들이지 말고 나를 돌아보고 살피는 통찰의 시간으로 만들어 한 단계 도약한 회복의 길로 들어서는 기회가 되기를 바란다.

내가 살아서 고향으로 돌아가는 것도 천명이요. 살아서 돌아가지 못하는 것도 천명이다. 그러므로 사람으로서 해야 할 도리를 다하지 아니하고. 천명만을 기다린다면 이것은 이치에 어긋나는 일이니라. 나는 사람으로서 닦아야 할 도리를 다했다. 사람이 닦아야 할 도리를 이미 다했는데도 만약 끝끝내 돌아가지 못한다면. 이 또한 천명인 것이다. 「정약용」「1816년 5월」순조 16」

생활의 정석 62

01#

시린 겨울 눈이 시리도록 푸르른 하늘을 바라보노라면, 가끔 나는 딴생각하기도 한다. 가끔 너도 내 생각을 하는지. 너와 함께한 시간. 너와 함께한 공간. 너와 함께 만들었던 눈사람. 너와 함께한 시간은 흘러 추억이 되고. 눈사람은 녹아 땅속 깊이 스며들었고. 너와 함께한 우리들의 공간에 덩그러니 홀로 남아있구나. 누가 아름다운 이별이라 했던가. 나쁜 사람들. 나는 아직도 서러운데. 나 너를 다시 만난다면 나 너를 사랑하였노라 말하리 가슴 깊이 아껴 숨겨두었던 말 용기가 없어 아껴 고백하지 못하였던 말

시린 겨울 눈이 시리도록 푸른 하늘 너와 함께한 공간에 나 홀로 덩그러니 남아 되뇌어 본다. 아끼고 아끼다 똥이 되어버린 한마디. 입가에 머물다가 사라져 버린 한마디. 시린 하늘에 새겨본

다. 너를 사랑하였노라고.

02#

망치를 휘두른 사람이 있는데 왜. 망치 탓입니까. 못대가리를 잘못 맞춰도 망치 탓. 가슴에 못을 박아도 망치 탓. 벽을 부숴도 망치 탓. 본인 손등을 찍어도 망치 탓. 연장 쓰는 사람이 잘못해 놓고 잘못되면 연장 탓하네. 저는 아직 쓸만한데. 왜 망치만 심판대에 올라야 합니까.

03#

세상에는 무수한 삶이 있다. 뼈를 녹이는 듯 아픈 삶도 있고 화사한 꽃이 만개한 듯 행복한 삶도 널려있다. 영원히 슬플 순 없고 영원히 아름다울 수는 없다. 영원한 사랑 그런 거 없다. 불타는 사랑. 뜨겁게 불타올라. 결국 한 줌 재가되어 바람에 쓸려 흔적도 없이 사라진다. 지나온 길 왠지 낯설기만 하여 지나온 길 멍하니 바라보다 미소를 지었다.

시간은 추억을 바람처럼 바라 버리고 무릇 생명을 간직한 것이라면 모조리 그러한 운명에 굴레에서 벗어나지 못하므로 인간만 예외일 것도 없는 일이려니 생각한다면 그만인 셈이다.

04#

재중이네를 보니-임근택

돈이 없으면 안 쓰고 옷이 없으면 기워입고 쌀이 없으면 굶기도 하면서 할머니와 둘이서 살아가요. 가난해도 어떻게든 살아가요.

05#

원하시거든 하세요. 할 일이 생각나시거든 지금 하세요. 지금 하늘은 맑지만. 언제 또 비가 내릴지 모르니. 오늘·지금·당장. 움직여. 사랑의 말이 있다면 지금 하세요. 배려의 말이 있다면 지금 하세요.친절한 말이 있다면 지금 하세요. 사과의 말이 있다면 지금 하세요. 당신의 벗이 떠나기 전에. 꽃이 피고 가슴이 설렐 때. 지금 당신의 미소를 보여주세요. 사랑하는 사람이 언제나 당신의 곁에 있지는 않습니다. 어제는 당신의 것이 아니니 지금 하세요. 내일은 당신에게 허락되지 않을 수 있기에 지금 하세요. 원하시거든 하세요. 지금 하세요. 아끼다 똥이 됩니다. 오늘·지금·당장. 움직여

06#

강물이 바위를 부수는 법. 옳다고 생각하는 일. 변해야 한다고 생각되는 일. 가능하다고 생각하면 행동하라. 실천하라. 불가하

다 생각되는 순간 가능하지 않게 되고. 바위는 깨어지지 않으려 애쓰겠지만 언젠가는 부서질 것이다. 가능하다고 생각하면 행동하라. 실천하라. 생각하고 행동하라. 옳다고 생각되는 일이견 실천하라. 비록 그대가 흘러 깨어지지 않을지라도 물길을 내어주고. 비록 그대가 걸어가 쓰러지지 않을지라도 발걸음을 남긴다면. 내가 따를 것이요. 나의 뜻을 이어 나의 후배들이 따를 것이며 또 다음 세대가 따를 것이니. 현실에 벽이 아무리 높다 한들 태산이 아무리 높다 한들. 그물이 아무리 견고한들. 절대로. 절대로. 절대로 포기하지 마라.

07#

선물 잘 받았습니다. 선물이 반송되는 경우도 종종 있다고들 하는데 주신이에게 감사하며 귀히 쓰겠습니다. 오늘이라는 하루가 어찌 보면 가장 커다란 나에게 주신 선물입니다. 선물이라는 것은 주는 사람 마음이고 받는 저로서는 주는 이에게 감사하며 받아들이면 되는 것입니다. 때론 받은 선물이 구질구질하여 마음에 안 드는 부분이 있지만 받은 이로써 처분하는 권한은 저의 몫이기에 귀하게 쓰임 받든지 아니면 방구석 한 귀퉁이에 모셔지든지 버려지든지 받는 자로서 선물의 쓰임새는 저에게 달려있고 어떻게 쓰느냐 또한 저에게 달려있습니다. 오늘이라는 선물. 주신이에게는 감사함으로. 받는 이에게는 잘 쓰임을 받길 원합니다.

08#

아침을 볼 수 있어 행복하고 붉게 물든 저녁을 볼 수 있어 행복하고 꿈이 있어 행복하고, 사랑을 베풀 수 있어 행복하고, 누군가가 그리워 보고픔도, 그리워 가슴 아리는 사랑의 슬픔도, 모두 다 내가 살아있기에 누릴 수 있는 행복입니다. 그리고 오늘도 안부를 전할 수 있어서 행복합니다. 살아 있기에 사랑한다고 말을 할 수 있습니다. 살아 있기에 다정하게 손을 잡아줄 수 있습니다. 살아 있기에 행복하게 웃을 수 있습니다. 살아 있기에 따뜻하게 안아줄 수 있습니다. 살아 있기에 양보할 수 있습니다. 살아 있기에 뜨겁게 기도할 수 있습니다. 살아 있기에 아름다운 목소리로 찬송할 수 있습니다. 살아 있기에 천천히 산책하며 걸을 수 있습니다. 살아 있기에 꽃향기를 맡을 수 있습니다. 살아 있기에 책을 읽으며 감동할 수 있습니다. 살아 있기에 잘한 사람을 칭찬해줄 수 있습니다. 살아 있기에 마음의 선물을 할 수 있습니다. 살아 있기에 서운한 사람을 용서할 수 있습니다.

살아 있기에 노을을 바라보며 평화를 누릴 수 있습니다. 살아 있기에 사랑하는 가족들의 얼굴을 볼 수 있습니다. 살아있기에 숨을 쉰다.라고 말할 수 있습니다. 흔들리고 아프고 외로운 것은 살아 있음의 특권입니다. 살아 있기 때문에 흔들리고 살아 있기 때문에 아프고 살아 있기 때문에 외로운 것. 오늘 내가 괴로워하는 이 시간은 어제 세상을 떠난 사람에겐 간절히 소망했던 내일이고 지금 내가 비록 힘겹고 쓸쓸해도 살아 있음은 무한한 축복이며 살아 있으므로 그대를 만날 수 있다는 소망 또한 가질 수 있습니다. 뜬구름 뜬 세상 바람 같은 삶이라도 살아있기에 행복이라 느끼며 온갖 세상 풍파 속에서도 내일이라는 희망을 향해 의지(意志)의 불꽃을 태우고 한 줄기 햇살 같은 행복한 꿈을 헤아리며 다독이는 삶의 향기 언젠가는 흘러갈 세월의 나날들 추억 속에 녹아있는 그리움을 안고 사는 것이 인생이 아니던가? 때로는 굴곡진 쓰라린 삶이 눈물로 얼룩져도 살아있기에 누린다.

09#

바닷속에 섬이 있다. 섬이 앉아있다. 한 줌 바람에도 구겨지는 섬. 물은·바다는 구겨진 섬을 다림질한다. 썰물처럼 그대들 모두 빠져나간 자리 여기는 오래 고독하게 나를 비춰보는 유일한 나의 섬이다. 다시 태어나는 섬을 머금은 바다. 나도 섬이 되어 바닷속에 앉아있다.

10#

산은 오라 하지 않는데 찾는 것은 사람이다. 산이 거기 있기에. 산이 끝나 오르지 못할 하늘 있음에. 나의 정상은 어디까지인가. 여기까지인가. 하늘은 나의 영역이 아니다. 산은 가라 하지 않는데 떠나는 것도 사람이다. 산이 거기 있었기에 찾았다. 떠나는 사람에게 산은 늘 말이 없지만, 사람의 마음 모두 알고 있다. 그분처럼.

11#

꿈을 꾸고 있을 때는 그것이 꿈인 줄도 모르고 웃기도 하고 울기도 하지만 눈을 뜨면 그제야 꿈인 줄 알고 허망해한다. 언젠가는 이제까지의 모든 일이 한바탕 꿈이었다는 것을 눈을 감을 적에야 알게 되겠지만 눈을 뜨고 있는 이 순간에 이 순간은 꿈이라고 그러니 영화를 보듯이 그렇게 느긋해지자고 털어낼 것은 털어내고 유유히 살자고. 그리 자객은 없는 것일까. 기어이 마지막 눈감는 날까지 육신을 쥐어짜지 말고.

12#

감사하고. 용서하고. 만족하며. 그렇게 살고 싶다. 아쉽게 없이 내일을 걱정하지 않고 오늘. 지금 이 순간 감사하니 열정 가득 행하고 만족하는걸. 팔자대로 살다가 팔자대로 가는 인생 정해진 섭리대로 오는 건 순서대로 왔으나 가는 순서는 모르니 난감하기 그지없군. 먼저 간들 아쉬워 말고 남은 벗들 모여 먼저 간

새끼 왁자지껄 뒷담화나 까주게.

13#

물이 바람에게 묻는다. 상하고 멍든 가슴 어디 가면 고치겠냐고. 바람은 저처럼 이리 흘러보라 한다. 흐르다 흘러가다가 닿는 낮은 곳이 고치는 곳이라 한다. 거기서 못 고치면 좀 더 낮은 데로 그래도 잘 안되면 더 좀 낮은 그곳대로 그랬어도 쑤시고 아리면 더 좀 더 낮은 데로 그러고도 차도가 없고 보면 아주 낮은 곳으로 가야 한다고. 함께 가보자 한다. 나도 너와 함께 갈 거라고.

14#

산에 대해 글을 쓰려고 하루 종일 산속에 파묻혀 있었다. 눈앞에 산에 가려 다른 산들은 보이지 않았다. 생각은 자꾸 산 밖으로 빠져나갔다. 몸이 있는 곳에다 마음을 붙잡아 두지 말고. 그게 잘못이었다. 돌아와 잠자리에 누우니 모든 산이 다 보였다. 그날 밤은 산속에서 편한 잠을 이뤘다. 몸도 마음도 헤어지지 않았다.

15#

작은 물방울이 모여 시냇물을 이루고. 시냇물이 모여 강물이 되고. 강물이 흘러 바다가 된다. 작은 물방울이 그대로 머문다면 썩어지고 소멸해 버린다. 물방울은 흘러야 한다. 작은 물방울이 모이고 시냇물이 모이고 강물이 모여 바다가 되듯 우리는 흘러야 한다.

16#

태양이 떠오른다. 초와 시를 다투며. 쑥쑥 올라온다. 07시 40분 전후로 함성이 나온다. 우리들의 인생 우리들의 삶. 그저 감사의 삶으로 인생을 시작하고 마무리한다. 비우고 마음을 비운다.

17#

태양은 서산에 기울고 또 달이 솟고 별이 빛난다. 세월은 쉬지 않고 지나간다. 닥쳐오는 시간은 만남의 연속이요. 지나가는 시간은 이별이다. 이 순간도 만남과 이별은 계속되고 있다. 태양은 솟아올라 서산에 기울고 또 달이 솟고 별이 빛난다. 시절은 흐르고 태양은 솟아올라 서산에 기울고 또 달이 솟고 별이 빛난다. 이처럼 자연의 순리대로 생이 멸하게 된다.

18#

하루 또 하루 지구가 돌고 있다. 엄청난 물과 바위 돌 거대한 빌딩과 수많은 생물을 등에 지고 가뿐하게 몸을 돌린다. 아니 힘들게 돌리려나 한 시간에 서울·부산을 두 번 왕복하는 빠르기로 재빠르게 안전하게 돌아가고 있다. 지구여 피곤하진 않은지 안

부를 묻고 싶다. 너 덕택에 우리는 밤과 낮이 있고 일하고 휴식을 취한다! 상쾌한 공기 따뜻한 태양 아름다운 노을 아늑한 어둠 우리는 모두 너의 품속에 있다! 너는 우리를 말없이 희로애락의 세계에서 영원으로 우리를 인도하는구나.

너는 눈썹처럼 가까운 곳에서 지긋이 바라보고 있구나. 우리가 가치 있는 나날을 보내주기를 문득 너의 마음을 느끼며 나의 마음을 다잡는다.강물처럼 끊임없이 태양처럼 리듬 바르게 달빛처럼 온화하고 침착하게 하루 또 하루 가치 있는 나날을!!

19#
이 나이 먹도록 부어라 마셔라. 이 나이 되도록 마신 술을 모아. 메마른 가믄 날 메마른 천수답에 부었어도 몇 마지기 모내기는 충분히 하고도 남았을 터인데. 부어라 마셔라 독한 이슬. 매일 물 마시듯 하였더니 오장육부 철판으로 감싸놓았어도 녹슬어 곪아 터졌으리라. 구름 속에 깊이 박힌 화살 아직 끝이 보이지 않아 눅눅한 습기의 터널 새장을 떠나 되돌아오지 않는 새처럼 가득 빛 털고 날아가 버린 혼 푸른 광기로 날마다 조금씩 죽어가던 날들 인생이란 것이 원래 덧없는 것. 부귀공명이 뭐 그리 대단한 것이며 어질고 어리석음 또한 마음에 두어서 무엇하겠는가. 살아 숨 쉬고 있는 지금. 오늘에 감사하며. 축배를 들어라. 오늘을 위해서. 내일을 향하여.

20#

지나간 것은 그림자이다. 지나간 길 뒤따르다가 내가 쉬면 그림자도 쉬고 그림자의 그림자도 쉰다. 세상살이 이리저리 만수산 칡넝쿨처럼 뒤엉키듯. 이리저리 뒤섞이어 이리저리 복잡하게 얽히고설키며 살아가다 내가 가면 그림자도 가고 그림자의 그림자도 간다. 그림자가 사라지면 나도 무대에서 퇴장한 것이다.

21#

부부간 다툼이 있을 때 자식들은 거의 엄마 편. 남편은 남의 편일뿐. 내 편은 부모님뿐이 없으리라. 낳은 정. 기른 정. 미운 정이 있어서. 모든 부모의 원하는 건. 네가 행복했으면 좋겠다. 네가 행복하면 나도 행복하다. 네가 슬퍼하지 않았으면 좋겠다. 네가 슬퍼하면 나도 슬프다 말하리라

22#

산에 사는 나무는 서 있는 제자리의 흙 위에다 할 일을 마친 나뭇잎을 내려준다. 그러면 자연은 그 잎들을 흙의 것은 흙으로 되게 하고 물이 될 것은 물이 되게 하며 바람이 될 것은 바람에게로 어김없이 돌려보낸다. 그리고 겨울이 가면 나무는 흙에게

맡겼던 것은 흙에서 되돌려 받고 물과 바람으로도 되돌려 받아 여름과 겨울을 채비하게 된다. 산에 사는 나무는 잎을 튀을 양식을 걱정하지 않는다.

23#

그때는 틀렸고 지금은 옳은 일 지금은 하면 안 될 일들 시간이 지나면 가능해질 일 시절의 장난질로 뜻하지 않던 일이 벌어지고 알 수 없는 시절 알 수 없는 인생 지금의 평가가 틀릴 수도 있으니 오늘의 일은 100년 후에 다음 세대에게 평가를 넘긴다. 기록되지 않은 기억은 서서히 잊혀지고 기억하지 않은 시절은 세월에 씻겨 흔적도 없이 사라지니 말이다.

24#

재앙이 뉘게 있느뇨. 근심이 뉘게 있느뇨. 분쟁이 뉘게 있느뇨. 원망이 뉘게 있느뇨. 까닭 없는 상처가 뉘게 있느뇨. 붉은 눈이 뉘게 있느뇨. 술에 잠긴 자에게 있고. 혼합한 술을 구하러 다니는 자에게 있느니라. 포도주는 붉고 잔에서 반짝이며 순하게 내려가나니 너는 그것을 보지도 말지어다. 그것이 마침내 뱀같이 물것이요. 독사같이 쏠 것이며. 또 네 눈에는 괴이한 것이 보일 것이요. 돛대 위에 누운 자 같을 것이며. 네가 스스로 말하기를 사람이 나를 때려도 나는 아프지 아니하고. 나를 상하게 하여도 내가 감각이 없도다. 내가 언제나 깰까 다시 술을 찾겠다 하리라.

25#

근심 걱정 없는 사람 누군고. 출세 하기 싫은 사람 누군고. 시기 질투 없는 사람 누군고. 흉허물없는 사람 어디 있겠소. 가난하다 서러워 말고, 장애를 가졌다 기죽지 말고. 못 배웠다 주눅들지 마소. 세상살이 다 거기서 거기외다. 가진 것 많다 유세 떨지 말고, 건강하다 큰소리 치지 말고 명예 얻었다 목에 힘주지 마소. 세상에 영원한 것은 없더이다. 잠시 잠깐 다니러 온 이 세상, 있고 없음을 편 가르지 말고, 잘나고 못남을 평가하지 말고, 얼기설기 어우러져 살다나 가세. 다 바람 같은 거라오. 뭘 그렇게 고민하오. 만남의 기쁨이건. 이별의 슬픔이건 다 한순간이오.

사랑이 아무리 깊어도 산들바람이고 외로움이 아무리 지독해도 눈보라일 뿐이오. 폭풍이 아무리 세도 지난 뒤엔 고요하듯 아무리 지극한 사연도 지난 뒤엔 쓸쓸한 바람만 맴돈다오. 다 바람이라오. 버릴 것은 버려야지. 내 것이 아닌 것을 가지고 있으면 무엇하리오. 줄 게 있으면 줘야지. 가지고 있으면 뭐 하겠소. 내 것도 아닌데. 삶도 내 것이라고 하지 마소. 잠시 머물다 가는 것일 뿐인데. 묶어 둔다고 그냥 있겠소. 흐르는 세월 붙잡는다고 아니 가겠소. 그저 부질없는 욕심일 뿐, 삶에 억눌려 허리 한번 못 피고 인생 계급장 이마에 붙이고 뭐 그리 잘났다고 남의 것 탐내시요. 훤한 대낮이 있으면 까만 밤하늘도 있지 않소. 낮과 밤이 바뀐다고 뭐 다른 게 있소. 살다 보면 기쁜 일도 슬픈 일도 있다만은, 잠시 대역 연기하는 것일 뿐, 슬픈 표정 짓는다고 하여 뭐 달라지는 게 있소. 기쁜 표정 짓는다고 하여 모든 게 기쁜 것만은 아니요. 내 인생 내 인생 뭐 별거랍니까. 바람처럼 구름처럼 흐르고 불다 보면 멈추기도 하지 않소. 그냥 그렇게 사는 겁니다.

26#

물로 바람으로 어쩌면 구름으로 나서면 따라붙는 그림자- 내가 달리면 그림자도 같이 달리고 드맑은 하늘 그대로 남겨두고 가려 하는데. 철새들 저희끼리 뭐라 수군거리고 널린 꽃 고개 들고 의미 있는 웃음 머금고 멀어지는 뒷덜미에 손가락질. 지나온 자리인데 왠지 낯설기도 어색하기도 하여 씁쓸하게 웃음 짓는다. 서 있는 자리에서 심호흡 크게 하고 누군가 먼저 걸었던 그길따라 걸었던 길을 걷는다. 사람들이 많이 걸었었던 그 길.

27#

기적이란 뭐 내 눈을 바라봐 하늘이 천지개벽하고 바다를 가르고 공중부양과 축지법을 쓰는 것이 아니라 내가 이 세상에 태어난 것. 이 순간 숨쉬고 있다는 것이다. 수백억 분 1의 경쟁을 뚫고 아버지의 수백억 정자 가운데 어머니의 자궁에 수태되어 나라는 인간이 태어난 자체만으로 기적 같은 일이 아닌가. 태어나 보니 좋은 가족들을 만난 것이 기적이었고 교통사고로 뇌사상태에 빠져 보름간 푹 자다 깨어난 것도 기적이고 입 구멍으로 밥 혼자 먹을 수 있던 것도 기적이었고 걸어 다닐 수 있고 말할 수 있다는 게 기적이었다. 몸이 회복하고 있다는 것이 기적이고. 사람 구실 할 수 있는 것이 기적이고. 뛰어 다닐 수 있다는 것이 기적이었고. 좋은 친구들과 만날 수 있었다는 것이 기적이었고. 군대에 가서 만기 전역한 것이 기적이었고. 박진주를 만난 것이 기적이었고. 두 아이의 아버지가 된 것이 기적이었다. 사실 기적이란 거 별것이 아니다. 기적은 우리 생활 곳곳에서 일어나고 있다. 단지 우리가 느끼지 못할 뿐이다. 수천만 명의 여성 가운데 유독 한 여성과 만나 지금까지도, 매우 놀랍게도, 오손도손, 아웅다웅하며 살아가고 있다. 당연하다고 생각했던 일. 예기치 못했던 일들. 기쁜 일 좋은 일 따지고 보면 불행조차도 지금 와서 생각해 보니 모든 일이 기적이었다. 넘어졌다 다시 일어설 수 있었기에….

28#

나무 전문가들은 나이테만 보고도 그 나무의 과거를 짐작해 볼 수 있다고 한다. 물이 풍부했던 해와 가물었던 해가 나이테에 잘 나타난다고 한다. 바람이 많았던 해에도 나이테를 보여준다. 나이테는 살아온 인생을 나타낸다. 일어나지도 않은 일을 미리 걱정하지 마라.

29#

그리워하는 자의 눈빛은 항시 열려있다. 시간을 어루만질 줄 알며 다시 시간을 쪼개어 처음의 그리움을 애써 가슴에 그려내는 것이다. 그리워하는 자의 걸음은 어느 곳에서도 멈추지 않는다. 비탈진 언덕길에서 유유한 사잇길에서 길이 닫힌 신작로 삼거리 공허한 그 길 위에 선 머뭇거리는 곤욕을 맛볼지라도 발걸음은 소리 내어 그 무엇을 연신 두리번대고 있었다. 기다란 대지 위에서도 저벅거리며 낮게 소리 없이 가느다란 먼지를 밟고 있는 이 발걸음 또한 두근거리고 있었다. 그리워하는 자의 얼굴은 쉽게 청춘이 가지 않는다. 길 위에 새겨진 어제의 하루들은 부인할 수 없는 우리의 모든 어느 날이었다. 일그러진 계산법이 적용된 그 날 속엔 어릴 적 최초의 사나운 폭우를 홀로 경험해야 했지만 그래도 두 개의 발걸음은 비겁하지 않았다. 길은 쫓는 게 아니라 만들어 다듬어 가는 것이다.

그 길 위에 선이라는 아쉬움의 허구는 철저히 내던져야 한다. 그것은 항시 불순한 타협만을 고집해 버린 모자이크 처리된 슬픈 변명의 길이다. 길은 어느 곳에서나 순수하였다. 길은 오직 행위의 그림자를 따랐을 뿐. 그 길 위에서 삶의 방식의 타협점은 언제나 우리들의 몫이다. 어찌 보면 우리의 길은 청춘의 걸음에 서 이미 나열과 배열 속에 그려져 있지 않았나 싶다. 지금 우리 는 그것을 다시 더듬어 하얀 도화지 위에 흔적의 색을 곱게 덧 칠하는 것이다. 적절한 색을 찾아 조화롭게 완전한 피부색을 그 려내는 것이다.

무수한 실속에 걸려있었던 어느 한 시기의 비명 섞인 내용물 을 불러내기엔 그리 어렵지는 않다는 생각이 든다. 그 길을 따라 훌쩍 지나가 버린 시절이라도 결코 먼발치로 떠나간 것은 아니 다. 겨울나무처럼 내 안에서 움트며 머물러 있으므로.

30#

텅 빈 가슴을 안고 행여나 하여 님의 발자국 소리에 귀 기울입 니다. 그리움이 님을 만나게 하고 님은 나를 살아 숨 쉬게 합니 다. 흐트러진 모래사장을 조수가 곱게 쓸어주고 남은 어제와 오 늘을 쓸어버립니다. 삶이 끝나 세상이 뭐라 해도 그냥 우겨 잘 살 았노라고. 잘 놀다 간다고. 그대를 사랑하였으니 그대와 함께였 으니 만족한다고. 나 그것만으로 행복하였다고. 삶이 끝나 세상 이 뭐라 해도 그냥 우겨 잘살았노라고. 잘 놀다 간다고.

31#

님과의 만남이 그렇게 좋은 줄 난 미처 몰랐습니다. 님과의 만남이 나를 새로 태어나게 했으나. 님이 주신 사랑이 너무 커서 현란한 꿈속에 나는 망나니가 되었습니다. 헤어짐의 아픔이 탕자의 고행이 나를 철들게 하고 님에 대한 그리움은 더해만 갑니다. 오가며 남기신 당신의 발자국이 그렇게 큰 웅덩이를 만드실 줄 난 미처 몰랐습니다.

바람 속에 한 움큼씩 뿌린 모래가 해변가의 넓은 모래사장을 이루고 있을 줄은 난 미처 몰랐습니다. 생각 없이 흘려듣고 보던 당신의 말씀이. 당신의 눈짓이 활기찬 나날들을 만들고 있었음을 난 미처 몰랐습니다. 텅 빈 곳 속에 내동댕이쳐진 후에야 당신이 메어온 공간이 얼마나 큰지

난 이제야 알겠습니다. 바람에 날리는 가냘픈 하나의 깃털이 된 후에야 당신이 안아준 가슴이 얼마나 따스했는지 난 이제야 알겠습니다. 홀로 넓은 모래사장에 누워 넓고 망망한 바다를 바라보며 나는 당신의 품속에서 당신의 사랑을 빨아먹고 살아가고 있다는 것을 이 나이 먹어 지금에야 깨닫게 된 것 같지만 난 아직도 철이 덜 든 아이입니다.

하늘도 무심하시지.

32#

궁하면 궁한 데로 즐기고 뜻대로 되면 그리 된 것을 즐기고 태어난 그대로 만족하고 태어날 때부터 그리 난 것을 어찌 흠이라 할까. 팔자려니. 타고난 팔자려니 해야지.

장미꽃은 장미꽃대로 호박꽃은 호박꽃대로 태어난 그대로 아름답지, 호박꽃을 아름답게 하려고 장미꽃으로 둔갑시키지 말고. 팔자려니. 타고난 팔자려니 부자간 아옹다옹 내 뜻대로 되지 않아도 내 기대에 부응하지 못하더라도 남 탓하지 마라. 내 탓이니. 내 탓이요. 내 탓이요. 부모 된 내 탓이요. 팔자려니. 팔자려니. 타고난 팔자려니. 남 탓하지 마라. 내 탓이요. 내 탓이요. 부모 된 내 탓이요. 내 탓이요. 내 탓이요. 부모 된 내가 죄인이요.

33#

세월을 낚는 강태공은 낚싯대를 강가에 드리워 놓고 하염없이 강을 쳐다보고 미끼도 없이 고기를 낚는단다. 미끼도 없이 때를 기다린단다. 고기를 낚는 친구는 월척을 꿈꾸고 세월을 낚는 강태공은 때를 기다리고 나는 세월을 한 타래 풀어주고 자연에 취하여 시절을 즐긴다.

34#

오늘 목마르지 않다 하여 우물에 돌을 던지지 마라. 오늘 필요하지 않다 하여 친구를 팔꿈치로 떠밀지 마라. 오늘 배신하면 내일은 배신당한다 사람의 우수한 지능은 개구리 지능과 동률을 이룰 때가 많다. 개구리가 올챙이 적 시절을 까맣게 잊듯 사람들도 자신이 어려움에 처해 있을 때 도움 주었던 사람들을 까맣게 잊고 산다. 그러다가 다시 어려움에 처하면 까맣게 잊고 있던 그를 찾아가 낯 뜨거운 도움을 청한다. 개구리와 다를 것이 뭐가 있는가.

비 올 때만 이용하는 우산처럼 사람을 필요할 때만 이용하고 배신해 버리는 행위를 하지 말아야 한다. 우물물을 언제고 먹기 위해서는 먹지 않은 동안에도 깨끗이 관리해 놓아야 하듯이 필요할 때 언제고 도움을 받기 위해서는 필요없는 동안에도 인맥을 유지시켜 놓아야 한다. 지금 당장 도움을 주지 못하는 사람이라고 해서 무관심하고 배신하면 그가 진정으로 필요하게 되었을 때 그의 앞에 나타날 수가 없게 된다. 포도 알맹이 빼먹듯 필요할 때만 이용해 먹고 배신해 버리면 상대방도 그와 똑같은 태도로 맞선다.

한번 맺은 인연은 소중히 간직하여 오래도록 필요한 사람으로 남겨두는 것이 좋다. 내가 등을 돌리면 상대방은 마음을 돌려 버리고. 내가 은혜를 저버리면 상대방은 관심을 꺼버리며 내가 배신하면 상대방은 아예 무시하는 태도로 맞서 버린다. 만남의 인연은 소중하게 만남은 소중해야 하고 인연은 아름다워야 한다.

35#

이 나이 먹도록 부어라 마셔라. 이 나이 되도록 마신 술을 모아 메마른 가믄 날 메마른 천수답에 부었어도 몇 마지기 모내기는 충분히 하고도 남았을 터인데. 부어라 마셔라 독한 이슬. 매일 물 마시듯 하였더니 오장육부 철판으로 감싸놓았어도 녹슬어 곯아 터졌으리라. 구름 속에 깊이 박힌 화살 아직 끝이 보이지 않아 눅눅한 습기의 터널. 새장을 떠나 되돌아오지 않는 새처럼 가득 빛 털고 날아가 버린 혼 푸른 광기로 날마다 조금씩 죽어가던 날들. 인생이란 것이 원래 덧없는 것. 부귀공명이 뭐 그리 대단한 것이며 어질고 어리석음 또한 마음에 두어서 무엇하겠는가. 살아 숨쉬고 있는 지금. 오늘에 감사하며 축배를 들어라. 오늘을 위해서. 내일을 향하여.

36#

하루 또 하루 지구가 돌고 있다. 엄청난 물과 바위 돌 거대한 빌딩과 수많은 생물을 등에 지고 가뿐하게 몸을 돌린다. 아니 힘들게 돌리려나. 한 시간에 서울·부산을 두 번 왕복하는 빠르기로 재빠르게 안전하게 돌아가고 있다. 지구여 피곤하진 않은지 안

부를 묻고 싶다. 너 덕택에 우리는 밤과 낮이 있고 일하고 휴식을 취한다! 상쾌한 공기 따뜻한 태양. 아름다운 노을 아늑한 어둠. 우리는 모두 너의 품속에 있다! 너는 우리를 말없이 희로애락의 세계에서 영원으로 우리를 인도하는구나. 너는 눈썹처럼 가까운 곳에서 지긋이 바라보고 있구나. 우리가 가치 있는 나날을 보내주기를 문득 너의 마음을 느끼며 나의 마음을 다잡는다. 강물처럼 끊임없이 태양처럼 리듬 바르게 달빛처럼 온화하고 침착하게 하루 또 하루 가치 있는 나날을!!

37#

세월에 팅팅 불어 사십여 년 묵은 태아 사십여 년 전 살던 첫 집- 내 고향. 작은 궁궐같이 평안했던 첫 집 - 내 고향. 없는 거 빼고 다 있었던 내 고향 그 집. 그 궁궐 같던 집에서 매몰차게 쫓겨나오던 날. 어떤 놈이 내 엉덩이를 사정없이 치길래. 펑펑 울었지. 나는 사정없이 우는데. 사람들은 더럽게 좋아하데. 집 나온 것도 서러운데. 밥줄마저 끊더라.

38#

태양은 서산에 기울고 또 달이 솟고 별이 빛난다. 세월은 쉬지 않고 지나간다. 닥쳐오는 시간은 만남의 연속이요. 지나가는 시간은 이별이다. 이 순간도 만남과 이별은 계속되고 있다. 태양은 솟아올라 서산에 기울고 또 달이 솟고 별이 빛난다. 시절은 흐르고 태양은 솟아올라 서산에 기울고 또 달이 솟고 별이 빛난다. 이처럼 자연의 순리대로 생이 멸하게 된다.

39#

풀잎에 기대어 얼마나 향기롭고 영롱하게 빛나고 있었는가 바람에 흔들리는 풀잎 이슬. 강물이 되어 흘러가지 못하고 바람에 흔들리며. 흔들리며 방울방울 떨어져 땅속 깊이 스며드는 풀잎 이슬. 얼마나 많은 우리네 진실이 지워지며 쓸쓸하게 떨어져 빛을 잃고 강물에 섞여 흘러가지 못하고 누수가 되어 그늘진 역사의 뒤안길에 얼마나 허망하게 쓸려가 버리는가.

40#

알맹이 몽땅 털어가 버린 뒤 나는 쓸데없이 이렇게 어설프게 서 있다. 바람 불어 발등 하나 가릴 잎사귀마저 날아가 버리고 눈 보라 치는 비탈에서 호흡을 몰아쉬며 안으로 움크리고 서 있다. 바람이 불어 어설픈 가지들은 현실에서 밀려나 갈색으로 꺾여지고 버티고 버티며 알몸으로 서 있다. 숨겨왔던 마지막 한 알 바닥에 떨어지네.그제서야 숨겨놓았던 마지막 한 알마저 취해 가려 하네.

41#

굽은 소나무 이야기가 문득 떠오른다. 자식들을 좋은 대학 보내어 교수, 기업 임원을 하지만 정작 자기는 귀향하여 쓸쓸히 지냈는데 그나마 막내가 귀농해서 농사하면서 돕는다고 하신다. 말하자면 선산을 지키는 소나무란 것이다. 멀리 있는 박사는 옆의 멍청이 자식보다 못하다 고 한다. 그래서 자식을 잘 키우면 국가의 자식이 되고, 그다음 잘 키우면 장모의 자식이 되고, 적당히 잘 키우면 내 자식이 된다고 하신다. 그래서 한 명은 시골 직업학교에 보내 가까이 두어야 한단다. "내 손안의 새 한 다리가 숲속의 두 마리보다 값지다"고 웃자고 한 말이지만 뼈가 있는 말이다. 옆에 있어 집안일을 도와주니 나의 불편을 덜고, 외로움을 달랠 수가 있다는 것이다. 멀리 있어 일 년에 한두 번 와서 떠들고 가는 자식과 손자들은 나무 위 새소리만도 못하다나? 옛 어른들도 '못난 소나무가 선산을 지킨다.'라고 하셨다. 못난 나무가 구부렁하게 서서 선산(先山)을 지키고 고향을 지키는 것이다. 좋은 땅에서 수려하게 자란 소나무는 사람들이 재목으로 쓰기 위해 일찍 베어 가버린다.

땅이 척박해 크게 자라지 못하니 누구도 거들떠보지 않아 결국 못난 소나무는 산을 지키며 산다. 그리고 씨를 뿌려 산이 훼손되지 않게 보존한다. 못난 소나무가 더 정성스럽게 산을 지켜

준 것이다. 그러나 정작 우리는 못난 나무를 업신여긴다. 알고 보면 서로가 못난 나무이면서 서로 헐뜯는다. 잘난 소나무를 보면서…. 우리 자식도 못난 소나무처럼 고향과 산소를 지키고 효도하기를 바란다. 그래서 교육정책도 바뀌어 못난 소나무에 관심을 가져야 한다. 그리고 평범하게 고향을 지키려는 사람을 지원해주고 장려해야 한다. 늘그막에 효도 받으려면 말이다. 죽은 박사보다 살아있는 멍청이가 낫다는 격언이 자꾸 생각난다. 내 옆에서 동고동락하는 자식이, 선산을 지키는 후손들이 못난 소나무처럼 고향을 지켰으면 합니다.

선물 잘 받았습니다. 선물이 반송되는 경우도 종종 있다고들 하는데 주신이에게 감사하며 귀히 쓰겠습니다. 오늘이라는 하루가 어찌 보면 가장 커다란 나에게 주신 선물입니다. 선물이라는 것은 주는 사람 마음이고. 받는 저로서는 주는 이에게 감사하며 받아들이면 되는 것입니다.때론 받은 선물이 구질구질하여 마음에 안 드는 부분이 있지만 받은 이로써 처분하는 권한은 저의 몫이기에 귀하게 쓰임 받든지 아니면 방구석 한 귀퉁이에 모셔지든지 버려지든지. 받는 자로서 선물의 쓰임새는 저게 달려있고 어떻게 쓰느냐? 또한 저에게 달려있습니다. 주신이에게는 감사함으로 받는 이에게는 잘 쓰임을 받길 원합니다.

42#

사연 없는 사람 상처 없는 사람 어디 있겠느냐마는 사는데 만만치 않더라. 하루살이는 하루만 살 수 있는데 불행히도 하루종일 비가 올 때도 있더라. 시절의 시샘인가 그때는 틀렸고 지금은 옳은 것 지금은 불가능한 일들과 시간이 지나면 가능해질 일들 세월의 장난질에 뜻하지 않던 일들이 불쑥 튀어나온다. 알 수 없는 인생 아직 끝이 보이지 않아 남은 인생 몽땅 거덜 내고 오늘이란 선물에 아낌없이 집중해보고 싶지만. 알 수 없는 세상 남 탓하지 말자. 그저 팔자려니 팔자대로 살다가 팔자대로 가려 하니. 알다가도 모르는 인생 공수래공수거 빈손으로 왔다가 가야 할 판인데

운기칠삼 거짓말 조금 더해서 운이 백프로...

43#

인생이란 긴 여정 비우고 채우며 나누고 잠시 머물 수는 있지만 멈출 수는 없다오. 흐르고 흘러서 떠나온 자리는 또다시 새로운 것으로 채워질 테니 이 또한 자연스러운 일. 알 수 없는 시절에 따라 섭리대로 살다가 섭리대로 간다오

44#

요즘 하나님이 하시는 일이란. 양의 탈을 쓴 늑대에게 먹여주

기 희망이란 이름의 절망에 물주가 절망이란 이름의 희망에 물 먹이기 생때같은 목숨에 천둥·벼락치기. 불난 집에 기름 붓기.인 내란 아편 먹이기. 수고하고 무거운 짐 진 자 들어. 아편 먹어라. 물먹어라. 벼락 맞아라.신이 있다면 그러시겠지. 죽으라는데. 더럽게 안 죽네.

아편 먹어라. 물먹어라. 벼락 맞아라.

45#
등 굽은 나무가 선산을 지킨다

우리 마을 뒷산에는 울창한 숲이 있었다. 어느 때부터인가 사람들의 필요에 따라 대들보가 될 만한 나무는 대들보로 베어져 나가고, 기둥이 될 만한 나무는 기둥으로 베어져 나가고, 서까래가 될 만한 나무는 서까래로 베어져 나갔으며, 잡목이나 작은 나무는 땔감으로 베어져 나가기 시작하였다. 그리고 사람들의 필요에 따라 왕래하는 통로가 되었고, 길이 만들어지고, 그 위에 아스팔트가 깔리고 뒷산에는 여기저기 쓸모없고 볼품없는 나무들만이 남게 되었다. 그마저도 사람들의 필요로 인해 없어질 판이지만.

경기도 시흥시 과림동 탄평마을에서 1981년 3월 30일에 태어났고 광명시가 1981년 7월 1일에 시로 승격되었으니 고향은 거기서 거기나 인 셈이다. 숯두루지에서 지라던 들풀 씨앗이 바람에 휘날려 광명에 자리를 잡고 뿌리내리는 중이랄까. 내 고향 숯두루지.

만수산 병풍 삼아 뛰어놀던 어린 시절.
황등천에서 멱감고 물장구치고
목감천에서 미꾸라지 잡던 어린 시절.

산 너머 비포장 고개 넘어 학교 다닐 적. 과림 저수지에서 맨손으로 물고기 잡든 비 내리든 그날 어린 시절 동무들. 그때 함께 하였던 벗들은 다들 어디 가고 고향은 늙어만 가네. 그리고 나는 등 굽은 나무가 되어 선산을 지키는 소나무가 되고 싶다네.

46#
내가 사는 세상에는 이제 비가 내리지 않는다. 태양이 저가 숨을 곳을 찾아 만들어낸 쩍쩍 갈라진 광야를 건너가고 있는 거다. 나는 때때로 언덕 위 계수나무 잔등에 올라가 잎사귀 위에 몽당 연필로 편지를 쓴다. 비가 내리는 세상에는 어떤 그리움이 남아 있냐고 우산을 쓰고 가던 꼬마 아이는 잘 지내고 있냐고. 우편 배달부는 내가 사는 세상 끝에서 비가 내리는 세상 끝으로 이동하지만 나는 한 번도 그를 만나지 못했다. 나는 이 세상 한가운

데 살고 있으므로

47#

너는 꽃이다. 너도 꽃이다. 누가 뭐라해도 너는 나에게 꽃이다. 화려하지는 않아도 벌과 나비를 찾아오게 만드는 너는 꽃이다. 벌과 나비를 찾아가지 않는 너는 꽃이다. 수줍게 치마폭을 오므리고 있어도 그 자체만으로도 귀하고 아름답다. 너는 꽃이다. 요염하지 않고 요란하게 교태를 부려 유혹하지 않아도 너는 꽃이다. 마지막 때에도 자태를 유지하고 품위를 지킬 줄 아는. 단아한 모습을 간직한 채 떨어져 나가는 너는 꽃이다. 너는 꽃이다. 누구도 생각 못 할지라도 내 마음속에서는 꽃이다. 너는 꽃이다.
꽃 중의 꽃이로다!!

48#

마음속에 대못을 뽑고 그 자리에 씨앗을 심는다. 뭐가 나올까? 꽃씨를 심었으면 꽃밭이 될 것이고. 나무 씨앗을 심었으면 숲이 될 것이다. 시간이 지나면 알 수 있을 것이다. 마음에 정원이 어떤 모습인지??

49#

사연 없는 사람. 상처 없는 사람. 어디 있겠느냐마는. 사는 게 만만치 않더라. 하루살이는 하루만 살 수 있는데 불행히도 하루 종일 비가 올 때도 있더라. 시절의 시샘인가. 그때는 틀렸고. 지금은 옳은 것. 지금은 불가능한 일들과 시간이 지나면 가능해질 일들 세월의 장난질에 뜻하지 않던 일들이 불쑥 튀어나온다. 알 수 없는 인생 아직 끝이 보이지 않아. 남은 인생 몽땅 거덜 내고 오늘이란 선물에 아낌없이 올인해보고 싶지만. 알 수 없는 세상. 남을 탓하지 말자. 그저 팔자려니. 팔자대로 살다가. 팔자대로 가려 하니. 알다가도 모르는 인생. 공수래공수거. 빈손으로 왔다가 가야 할 판인데. 세사사 운기칠삼이다. 거짓말 조금 더해서 운이 백프로.

50#

세월을 낚는 강태공은 낚싯대를 강가에 드리워 놓고 하염없이 강을 쳐다보고 미끼도 없이 고기를 낚는단다. 미끼도 없이 때를 기다린단다. 고기를 낚는 친구는 월척을 꿈꾸고. 세월을 낚는 강태공은 때를 기다리고. 나는 세월을 한 타래 풀어주고 자연에 취하여 시절을 즐긴다.

51#

가장 만나기 쉬운 것도 사람이고, 가장 얻기 쉬운 것도 사람입니다. 또한 가장 잃기 쉬운 것도 사람입니다. 물건은 잃어버리면 대체가 되지만, 사람은 아무리 애를 써도 똑같은 사람으로 다시 대체할 수 없습니다. 사람을 사람으로 사람답게 대하는 진실한 인간관계, 그것이 가장 아름다운 일이며 진정 소중한 것을 지킬 줄 아는 비결입니다. 오늘도 소중한 인연을 이어가면서 활기차고 보람 넘치는 하루 보내시기를 바랍니다.

52#
생활에 필요한 모든 것이 올랐다. 배춧값. 뭇값. 고춧가루값. 영화관 입장료. 어물전 꼴뚜기 값. 심지어 질소 가격까지 올랐다. 커피.라면. 밀가루 가격도 올랐다. 청양고추가 약이 바짝 올랐다. 마누라 바가지 긁어대는 영악함도 약이 바짝 올랐다. 모든 것이 올랐다. 간혹 내리는 것도 있다. 하늘에서 눈이 엄청 내린다. 2022.01.19

53#
[조선일보] 1995-04-03 (사회) 뉴스 39면 서울 땅 밑에서 석회동굴 발견 / 지하철 7호선 철산역 예정지. ◎길이 47m 폭 23m 공동확인 / 석순갖춘 「대형」일 가능성 서울 권역에서 처음으로 석회동굴이 발견됐다. 서울시는 공사 중인 서울지하철 7호선(도봉~청담~온수) 24공구의 광명 철산역 지하에 석회동굴과 공동(공동)이 있는 것으로 확인됐다고 2일 밝혔다. 종유동이라

고도 불리는 석회동굴은 우리나라의 경우 경북 울진(성류굴), 강원 영월(고씨굴), 충북 단양(고수굴) 등지에 형성돼 있다.

지하철건설본부 김종천 건설4부장은 『작년 말 착공과 함께 지질을 확인하기 위해 몇 군데를 시험 시추한 결과, 지하 15m 쯤 아래 지역 전체가 서울 지역에서는 희귀한 석회암층이고, 일부 지점에는 높이 4~5m에 이르는 텅 빈 공간까지 있는 것을 확인했다』라고 말했다.

54#
누군가에게 욕을 들었을 때 상대의 욕이라는 첫 번째 화살을 맞은 뒤「저 녀석이 나를 무시했구나」「나이가 몇인데 나한테 욕을 하지」「나를 뭘로 봤기에 저러는 거지」라고 수없이 많은 두 번째. 세 번째 화살을 스스로 만들어 쏘고 맞으면서 스스로를 괴롭히고 있지는 않은가?

이것은 스스로 괴로움을 만들어내는 것이며 상대방에게 힘을 실어 주는 것이다. 생각해 보면 우리는 힘없는 사람이나 아이들이 하는 말에 정색하며 반응하지 않는다. 즉. 욕에 반응 할 수도 있고 하지 않을 수도 있는 선택권을 가지고 있다. 다만 화를 내며 반응함으로써 상대방에게 힘을 줘버리는 것에서 문제가 시작될 뿐이다. 그 사람이 원래부터 힘을 가졌던 것이 아니라 우리가 우리를 휘두를 수 있는 권한을 상대방에게 주는 것이다. 이 세상 누구도 나에 대한 주도권을 가질 수는 없다. 내가 주기 전까지는

55#

우리 사회에서 영웅은 위험을 감수할 때가 많다. 과감한 공격을 명령해 전투에서 승리한 장군. 무모한 도박으로 뜻밖의 횡재를 한 투자자. 자신의 이력을 위험에 빠뜨리면서까지 숭고한 명분을 옹호하는 정치인. 그런데 행동으로 옮기기 전에 한 번 더 생각하지 않고 위험한 상황으로 뛰어드는 이런 사람들을 우리는 왜 그토록 존경할까? 조심스럽고 신중하고 이성적인 행동은 영웅적이라고 생각하지 않으면서 왜 그런 행동은 영웅적이라고 떠받을까? 이 어려운 질문의 답은 의외로 간단하다. 성공했기 때문이다. 실패했으면 찌질이다.

56#

우리 뇌의 가장 큰 자극을 주는 것은 시공간의 변화이다. 즉 익숙한 일상에서 탈출해 낯설고 새로운 장소로 가는 여행만큼 뇌에 신선한 활력이 되는 것이 없다. 여행은 분명 우리에게 새로운 풍경. 새로운 사람. 새로운 음식. 새로운 문화를 접하게 해 우리 뇌를 확실하게 자극한다.

57#

어찌나 바쁜지 요즘은 출퇴근 시간 지하철에 앉아서 조는 사람도 별로 없다. 스마트폰 보면서 카톡 하느라. 게임 하느라. 영화 보느라. 검색하느라 다들 정신이 없다. 이렇게 엄청난 외부 자극에 반응하느라 깨어있는 대부분 시간을 허비하고 있는데. 어떻게 편안하게 자신의 내면세계에 주의집중을 하겠나. 서상을 등지고 산으로 들어가 수도승이 되어야만 명상이 가능한 거 아닌가? 하는 항변이 마음속에서 이어졌다.

58#

정약용이 유배지에서 목민심서를. 허준은 동의보감을 유배지에서 집필했다. 내의원이나 나랏일 할 때는 업무량도 많고 개인적인 사정 때문에 시간이 없었다나 뭐라나 유배지에서는 시간이 많다. 할 일도 별로 없고. 그냥 있어도 시간은 간다. 원한다면 무엇인가를 해낼 시간은 충분하다. 그리고 조선 단가의 일인자인 고산 윤선도는 보길도에서 어부사시사를 비롯한 오우가등 가사문학을 꽃피웠다. 이들이 유배를 가지 않았더라면 이러한 문집은 세상에 나타나지 않았을 것으로 생각한다. 이렇듯 척박한 은둔지에서도 꽃은 피고 새들은 노래한다. 그래서 정신이 온전하고 몸이 건강한 지식인들은 척박한 유배지에서 꽃을 피웠고 훌륭한 결실을 맺었다. 꿈보다 해몽

59#

실베스타 스텔론은 유명 스타가 되기 전에는 매일 밤 잠잘 곳을 못 구하고 구해야 하는 아주 비참한 생활을 해야 했다. 영화사를 찾아다니며 역을 달라고 애원했지만 영화사는 그에게 너무 냉담했다. 어떤 영화사에서는 그의 외모를 탓하고. 어떤 영화사에서는 매력이 있어야 배우를 한다고 그를 쫓아냈다. 「로키」의 시나리오를 쓰고 그것을 팔아보려고 했지만, 그것마저도 쉽지가 않았다. 그 시나리오는 1.855번 거절당했다. 1856번째 겨우 시나리오를 사겠다는 곳을 만났지만, 배우로 그를 쓰지 않는 조건을 내세웠다. 실베스터 스텔론은 비가 오나 바람이 부나 찾아가 설득했다. 결국 그가 출연한 이 영화는 전 세계에서 7천 4백만 명이 보는 대흥행을 기록했다.

60# 사람의 나무꾼이 하루종일 장작 패는 일을 하고 있었다. A는 하루 종일 도끼질을 하면서 한 번도 쉬지 않았다. 저녁이 되자 A앞에는 큰 장작더미가 쌓여있었다. B는 틈틈이 쉬면서 일을 했다. 그런데 B 앞에는 A보다 훨씬 많은 장작더미가 쌓여있는 게 아닌가. 「아니. 이게 어찌 된 일인가? 나는 쉬지도 않고 일했는데.」A가 놀라서 B에게 물었다. 그러자 B가 답했다. 「그럴 수밖에. 나는 쉬는 동안 도끼날을 갈았다네.」

61#

금강산 찾아가자 일만 이천 봉. 볼수록 아름답고 신비하구나, 산을 오르다가 정 힘들면 내려와도 된다. 쉬었다 가 다른 산 오르면 된다. 국토의 70%가 산이고 금강산 일만 이천 봉 중에 오를 만한 산이 없겠느냐. 에베레스트. 백두산만 산이겠느냐. 동네 뒷산 만수산도 산이다.

62#

강가의 돌들이 수석감이 되려면 강의 돌은 물밑을 한없이 굴러야 하고 흐르는 물길이 갈아주고 밀어주어야 하므로 오랜 세월이 흘러야 수석이 될 자격이 있다. 그럼 비로소 단단하고 순수하고 형상 미가 있어 최고의 수석으로 평가받는데. 우선 일단 내 눈에 들어야 해!! 그게 너야. 내 앞에 서 있는 그대입니다. 진주. 눈이 시리도록 푸르른 날 푸른 하늘을 바라보며 더 구르까~^^

똥이냐 꽃이냐

천 년 전 치맛바람

    김부식은 백제 의자왕을 지극히 타락한 왕으로 묘사하기 위하여 3천 궁녀를 거느렸다고 삼국사기에 기록한 것이다. 백제 의자왕이 백성들 안위는 뒷전이고 삼천궁녀와 타락한 군주로 묘사하고 신라가 외세를 끌어들여 나당연합으로 백제를 섬멸한 사실을 대의명분으로 삼고 당연시하는 평가를 내린 것이다. 왕건 역시 자신의 군주 궁예를 시해하고 고려를 건국한 것도 궁예가 백제 의자왕과 똑같이 백성의 안위는 뒤로한 채 날마다 주석에 빠져 타락한 군주로 왕건이 이를 보다 못해 궁예를 시해하고 자신이 백성들을 제대로 돌보기 위해 고려를 건국한 것이라는 역사적 당위성을 주장할 목적으로 기록했다. 고려는 태동부터가 왕건이 자신의 주군 후백제 궁예를 배신하고 시해까지 한 다음 고려를 건국한 인물이라 당시 백성들로선 도저히 용납될 수 없는 패역한 역적 군주이었기에 이를 문제 삼아 도처에서 난이 일기 시작한다. 역사를 입맛대로 재단해버린 김부식「1075~1151」. 김부식은 고려 인종의 아들 예종 때 이자겸의 난을 진압하였고 또다시 몇 년 후엔 묘청의 난이 발발하자 이를 진압한 후 계속되는 정치적 혼란을 막고 고려의 역사적 정통성을 세워 정권의 정당성을 부여하기 위하여 쓴 책이 바로 삼국사기이다.

　김부식의 집안은 아버지 대까지만 하더라도 중앙 귀족에 못 미치는 수준의 집안이었다. 그러다가 김부식 대에 입신양명에 성공하여 가문이 크게 흥해 고려에서도 손꼽히는 문벌귀족으로 되었던 것이다. 김부식의 조부와 부친은 높은 직위에 있지는 않았는데 김부식의 5형제 모두 과거에 급제하여 출세하면서 가문의 위세가 급상승하게 된다. 김부식의 형제 중 큰형은 과거에 급제한 후 윤관의 여진 정벌 당시 공을 세웠고 뒤이어 다섯 형제도 과거에 급제하면서 입시계에 전설로 통하는 집안이 된 것. 덕분에 5형제의 어머니는 고려 조정으로부터 큰 포상을 받기도 했다. 김부식 5형제는 서로 밀어주고 끌어주며 순식간에 조정에서 큰 영향력을 행사하는 집안으로 부상하였는데 당대의 권신 이자겸 다음에 가는 정도의 위세를 지니게 되었다. 하지만 이자겸 집권 시기에는 라이벌이라기보다는 협조하는 편이었다.

　이자겸이 금나라에 대한 사대를 주장했다는 점에서 고구려 계승 의식을 강조하던 서경파와 대립하였기 때문에 송나라와 신라에 우호적인 김부식이 속한 동경파와는 어느 정도 협력한 것이다. 그러나 우리 역사에서 그를 두고 좋게 평가하지만은 않는다. 그는 정치가, 문인 또는 유학자, 역사학자 등 여러 역할을 했다. 여러 분야에서 공적을 쌓았던 것이다. 그의 증조할아버지인 김위영은 왕건에게 충성을 바친 공로로 경주의 주장「州長」이 되어 경주를 다스렸다. 토호 출신인 셈이다. 아버지 김근이 개경(지금의 개성)에서 벼슬할 때도 그의 집안의 근거는 경주에 있었다. 이런 출신 배경은 그가 주도해 이룩한 「삼국사기「三國史記」」와 관련되어 말썽의 한 꼬투리가 되었다.

#이는 김부식이 마치 왕건이 자기의 주군 궁예를 시해하-고 고려를 건국한 정당성이 결여된 정권을 억지로 타락한 태봉국 궁예와 백제 의자왕의 3천 궁녀 거느렸다고 역사를 왜곡하면서까지 서술해서 억지로 왕건의 고려왕조의 정통성을 꾀하려 도모한 것과 같다.

#무신정변이 일어나 무신들이 지배하는 나라가 되고 급기야 왕건의 후손 왕씨 고려는 이성계에 의해 거의 멸족되고 만다. 칼로 일어선 자는 반드시 칼로 망한다는 역사적 교훈을 남긴 채 말이다.

「그런 애 있잖아. 집도 부자고 예쁘고 좋은 필통에 비싼 가방

브랜드·옷만 입고, 학생회장에 피아노 육상 공부 다 잘하는 엄마 치맛바람으로 만들어진 애들」「카페 앉아있는데. 아기 엄마들 아기가 ○○영어유치원 다니나 봐요. 담임이 영문과도 아니고 학벌도 안 좋다고 씹고, 누구 애는 뭐가 어떻고 엄마가 어떻고. 애 아무나 못 낳을 듯해요.」

수시의 계절이다. 강남과 목동에서 바람이 불기 시작한다. 자녀의 성적은 자신의 성적표라고 생각하는 부모들에 행동이 시작된다. 이런 건 김부식의 어머님을 모셨어야 했는데. 계셨다면 여쭈어봤을 텐데. 자녀들을 어떻게 키우셨길래 5형제가 관직에 진출할 수 있었는지 노하우를 들어봤으면 좋았을 텐데. 입시계에 전설이 된 가문!! 천 년 전이든. 백 년 전이든 인류가 시작된 이후 엄마들의 치맛바람은 아직도 진행 중이다.

인생오복

　예전부터 사람이 살아가면서 바람직하다고 여겨 지는 다섯 가
지 의 복을 오복이라고 했다. 중국 유교의 5대 경전 중 하나인 서
경에 나오는 오복을 보면, 첫번째는, 수로서 천수를 다 누리다가
가는 장수의 복을 말했고, 두번째는,

　부로서 살아가는데 불편하지 않을 만큼의 풍요로운 부의 복
을 말했으며, 세번째는, 강령으로 몸과 마음이 건강하고 깨끗한
상태에서 편안 하게 사는 복을 말했다고 한다. 네번째는, 유호덕
으로 남에게 많은 것을 베풀고 돕는 선행과 덕을 쌓는 복을말했
고, 다섯번째는, 고종명으로 일생을 건강하게 살다가 고통없이
평안하게 생을 마칠 수 있는 죽음의 복을 말했다고 한다. 서민들
이 원했던 또 다른 오복으로는, 1. 치아가 좋은 것 2. 자손이 많은
것 3. 부부가 해로하는 것 4. 손님을 대접할 만한 재산이 있는 것
5. 죽어서 명당에 묻히는 것을 말했다고 한다. 살아보니 인생은

복이 있어야 한다. 내가 바라는 5복은 첫째 건강복이다. 둘째 재산복이다. 셋째 처복이다. 넷째 가정복이다. 다섯째 잘죽는복이다. 일단 네번째 까지는 아쉽지만 만족한다. 대체로 대부분이 그럴것이다. 무릇 살아 숨쉬는 사람이라면 더 잘하지 못한 아쉬움과, 지나온 일에 대한 반성을 한다. 반성을하고 다시 그러면 안되겠다고 다짐하며 하루를 또 그렇게 시작한다. 사람이 살아감에 있어 오복은 얼마나 중요 한지. 이게 열심히 살아도 지키기 힘들다. 내뜻대로 내맘대로 되는게 아니되기 때문이다. 자기 뜻대로, 실력만 믿고 되는 사람 못봤다. 운이 따라 줘야만 된다. 남은 생은 제발 5복이 있었으면...성실하게 살아왔지만 후회가 많다. 인생을 잘사는게 참으로 어렵다고 생각된다. 한때는 물불 가리지 않고 열심히 살았지만돌아보면 인생은 늘 조심해야한다. 누구라도 쉬운 일은 아니다. 다섯번째 복을 기대한다.

2022년 9월 9일 영국 엘리자베스 2세 여왕이 돌아가셨다. 한편으론 여왕은 인간이 누릴 수 있는 모든 복을 다 누리고 가신 것 같다. 특히 부러운 것은 엘리자베스 여왕의 죽음 복이다. 97세란 천수를 다누리고 마지막에도 아프지도 않고 딱 하루만 앓다 가셨으니 소망스러운 죽음 복이 아닐까. 돌아가시기 이틀 전에도 꼿꼿하게 신임 영국 수상을 접견하고 환담을 나누셨고, 마지막 날에 상태가 나빠져 온 가족들이 지켜보는 가운데 편안하게 영면하셨다니, 고인에겐 죄송스러운 말이지만, 정말 대단히 훌륭한 죽음 복을 받았다고 할수있다. 여왕으로서 온갖 부귀영화를 누리고, 죽음마저 아프지 않고 고통스럽지 않게 편안하게 받으셨으니, 정말 대단한 축복의 삶을 살았다. 이어령 교수도 잘 살고 잘 죽었다. (암으로 고통은 받으셨지만) 2022년 2월 26일 돌아가시기 며칠 전까지도 '이어령의 마지막 수업'이란 대담집을 낼 정도로 총기를 잃지 않으셨으니, 엘리자베스 여왕에 비하면 100% 완벽하지는 않지만, 이어령 교수도 죽음복을 누리신 것 같다.

바다건너 일본의 아베 전 총리가 지난2022년 7월8일 괴한의 피습으로 사망했다. 갑작스러운 그 비보는 국제사회에서 뭐 그저 그런일 일수도 있지만 나는 솔직하게 많은 생각을 가`게 되었다. 그 사람의 위치를 먼저 생각하고 그와 연관되어 있던 사람들. 아베 전 총리와 관련되어 진행중이었던 일들과 계획되어 있던 일정들이 불과 몇시간만에 단절되는 것을보았기 때문이다. 그토록 중요하고 많은 일들을 하던 사람인데 거짓말 조금 보태서 그가 없으면 일본이란 나라는 안돌아 갈거 같았는데. 그가 없이도 잘 만 돌아가더라. 별 문제 없이 다음 사람이 그가 했던 자리 메꾸고 잘 운영되고 있다. 이런거 보면 사람 참 대단한 것 같다. 사망하고 시간이 흘렀다. 가깝고도 먼나라 일본에서 아베 전 총리의 국장이 열린다고 한다. 하늘은 아베에게 다섯번째 복은 허락하지 않은듯 하다. 다섯번째 복을 받을수 있는 사람이 진정한 위너다.

똥이냐 꽃이냐

공자가 어느 날 길을 가다가 길가 숲에서 대변을 보고 있는 사람을 보았다. 공자는 즉시 제자들에게 그 사람을 데리고 오도록 하여 그를 호되게 꾸중하였다. 대변을 본 그 사람은 부끄러운 얼굴을 하며 얼굴을 싸매고 도망쳤다. 얼마 후 이번에는 길 한 가운데에서 대변을 보는 사람을 만났다.

그러자 공자는 저 사람을 피해서 가자고 했다. 제자들이 의아해하면서 물었다. "선생님, 어찌하여 길 가운데에 똥을 싸는 저자를 피해 갑니까? 저자는 길가에 똥을 싼 놈보다 더 나쁜 놈인데요" 이에 공자가 답하기를, "저자는 아예 양심도 없는 자다. 길가에 똥을 싸는 자는 그래도 마음 한구석에 양심이라도 있으니 가르치면 되지만, 아예 길 한가운데서 똥을 싸는 자는 양심이라는 것이 없으니, 어찌 가르칠 수 있겠느냐?" 천하의 공자도 양심이 없는 인간은 어쩔 수 없었다는 것이다.

맹자도 "부끄러움을 모르면 사람이 아니다. 「무치악 지심 비인야」라고 했다. 근래 우리 사회는 길 한 가운데에서 똥을 싸고도 전혀 부끄러워하지 않는 인간들이 너무 많다. 도덕적으로 문제가 있는 행동을 하고도 죄책감을 느끼지 못하는 것이 아니라. 우리 마음이 그 죄책감을 침묵하게 하는데 대단히 탁월한 능력을 발휘했을 뿐이다.

똥은 파리를 부르고 꽃은 나비를 부른다. 나비를 앉게 하려면 꽃이 되고 파리를 꼬이게 하려면 똥이 되면 된다. 나쁜 마음 상태 짜증 내고 불평하고 만족하지 못하고 시기하고 미워하는 것, 이런 것들이 자기의 마음을 똥으로 만든다. 자기의 마음을 똥으로 만들든 꽃으로 만들든 자기가 선택하고 만들어 가는 것이다.

담대한 계획

이대로 죽을 순 없지 않은가. 알코올 중독자로 죽기에는 너무 아쉽다. 피를 토하는 심정으로 반성을 해본다. 이미 식도정맥류로 피를 토한 후이지만 반성이란 무릇 감흥이 있을 때 하는 것이 진정한 반성이라 생각된다. 담대한 계획을 세워본다. 계획은 원대하게 도전은 즐겁게 마음은 건강하게 시동을 건다. 잘 될지는 모르겠으나 죽는 마을을 계획했다. 어차피 될지 안 될지 모르고 불확실한데 머릿속으로만 가지고 있는 그것보다 글로 남겨 놓는 게 계획을 이뤄나가는 데 도움이 될듯해서 이렇게 남겨 놓는다. 어차피 틀리면 화이트나 지우개로 지우면 된다. 겁먹을 필요 없다. 「가칭」죽는 마을은 특정 조건을 충족시켜야만 들어올 수 있는 특수한 마을이다. 마을에 들어올 때는 자신이 재일 잘할 수 있는 일이나, 특이사항 「전직」을 적어야 하는데, 그것은 입주 후에 나눔의 도구가 된다. 작가는 책을 소개해주고, 요리사는 요리하고, 음악가는 노래하고, 농부는 밭을 일구며, 엔지니어는 기술을 나누고, 의료인은 이웃을 돌본다. 각자가 지닌 '잘하는 것'은 서로를 도울 수 있는 무기가 된다. 그리고, 이 모든 시스템의 핵심 인력이 되어줄 뜻 맞는 젊은 의료인과 운동가들이 함께 마을을 운영한다.

마을 공동의 목표는 「의존성과 중독에서 회복하고 공동체에서 고요하고 평화롭고 자유롭게 공존하는 것」이다. 내게 익숙한 곳, 아이처럼 천진난만하게 사랑을 실천하다 쉬었다 갈 수 있는 곳. 그곳에서 안전하게 삶을 종료해도 되고 언제든 떠날 수도 있다. 최소한의 약속을 지키고 의무 기간만 채우면 그때부터는 자유롭게 행동할 수가 있는 곳이다.

이것은 비단 나만의 바람은 아니다. 지금도 의존성과 중독에 힘들어하고 죽음을 앞둔 많은 사람은 마지막까지 여러 병원을 전전하고, 원하지도 않는 요양병원이나 시설에 억지 춘향으로 입원해 모르는 사람들의 손에 맡겨진다. 그분들의 대부분은 어쩔 수 없이 그곳에서 자유를 억압 당한 채 살아가다 숨을 거둔다. 분명 그런 분들도 그런 끝을 원하지는 않았으리라.

상상 속의 마을은 제법 구체적인 모습의 마을 형태가 꾸려졌다. 유사한 마을을 운영하는 유럽의 사례도 읽었다. 필요한 건 이러한 시설을 수용해 줄 지역 사회(지자체, 기존 지역민 등)와 설립 및 운영에 필요한 자금 마련 방안이다. 이 문제를 해결하려고 연구하다 보니 지금부터 내가 준비해야 할 것이 무엇인지 알 수 있었다.

마을을 꾸리려면 내 나이가 못해도 50, 60대 정도는 되어야 제법 궂은 일에도 팔을 걷고 나설 수 있을 것이다. 반대로 그 정도 나이는 먹어야 사회에서도 '한낱 젊은이의 치기'로 여기지 않을 테니 말이다. 나이는 시간이 흐르기만 해도 먹어질 테니 나이는 문제가 아닐 것이다. 결국 지금부터 내가 득해야 하는 역량은 '사회적 신망'이었다.

여기서 말하는 신망이란, 거대하다면 거대하다고도 보이는 이 프로젝트를 시작하기 위해 최소한의 진입 장벽을 낮추는 것을 도울 도구로서의 그것을 말한다. 쉽게 말해, '도대체' 네가 누군데 이 일을 우리 지역에서 하려고 한단 말이냐'라고 물었을 때 '나는 누구요'하고 말할 수 있고, 이에 '아, 너라면 이걸 하고 싶겠구나. 너라면 믿을 수 있겠구나'하는 마음의 소리가 울려야 한다는 뜻이다. 그러려면 나는 제법 알려진 사람이어야 하고(혹은 검색해 보면 나오는 정도의 사람은 되어야 하고), 오랫동안 이런 방향으로 가치관을 드러낸 사람이어야만 한다.

생각이 여기에 이르고 나서 나는 다시 글을 쓰기 시작했다. 내가 죽는 마을을 계획한 것에는 「인간으로서의 존엄」이라는 가치관이 큰 영향을 미쳤다. 오랫동안 「세상에 필요가 없는 사람은 없다. 자신의 필요를 모르는 사람만 있을 뿐」이라는 말을 하며 살아왔다. 그것은 모든 사람이 소중한 존재이고, 필요한 존재며 이에 대한 근거로 개인에게 정확한 포지셔닝을 주장해 왔던 것이다. 우리 엄마가 그랬다. 「하나님의 걸작품이라고」 함께하는 사람들도, 함께하지 않는 사람들도 걸작품들이다.

자신의 존재 가치를 증명해야 할 의무는 없지만, 그것이 드러났을 때 자신과 사회로부터 인정을 구하기가 쉽다. 내가 여기 이곳에서 만난 많은 사람은 스스로 자신의 가치를 인정하지 못하는 경우가 많았다. 대부분 그들의 우려는 '다른 사람들이 봤을 때 그 정도는 아니라'라는 것이었다. 원인을 떠나 자신을 인정하는 일이 이만큼 어렵다는 뜻이다. 내가 봤을 때 능력치는 어벤져스급에 가깝다고 본다. 술만 뺀다면 말이다.

여기 이 마을에선 경쟁하거나 시기할 필요가 없다. 각자의 장기를 살려 조직의 목표에만 집중하면 되기 때문에 성과도 좋다.

넘실넘실 나지막한 산이 둘러싼 자그마한 분지 터에 옹기종기 오래된 시골집들이 모여있다. 마을에는 여기저기 중독자들과 노인들을 위한 안전장치가 마련되어 있고, 우울한 마을로 전락하지 않기 위해 다양한 문화·여행 프로그램이 기획되어 운영된다. 참고로 지금 염두에 두고 있는 곳은 거주하는 공간에서 술을 구하려면 30분쯤 걸어서 나가야 한다. 접근 가능성이 높으면 노출 가능성이 높고, 노출 가능성이 높으면 선택 가능성이 높아진다. 이는 쥐 공원 실험에서 입증된 사실이라고 책에서 읽었다.

하여 자녀들은 언제든 여행 오듯 마을을 방문할 수 있고, 어린 손주들이 와도 심심하지 않게 농가 프로그램도 체험할 수 있다. 마을 곳곳에는 의료진과 활동가들이 함께 머물고 있어 위급한 상황에서도 빠르게 대처할 수 있다.

그 마을의 한쪽 귀퉁이에, 볕이 좋은 날에는 나가 앉아있을 수 있는 마루를 지닌, 작은 나의 집이 있다. 나는 산에서 내려오는 계곡 수로 앞마을 회관 책장에서 서가 정리를 하고 인근 도시에서 방문한 어린이들에게 책을 읽어준다. 마을을 위해 열심히 홍보 활동도 하며, 밤이면 마을 어귀 정자에 앉아 시간이 가는 줄 모르고 하늘을 가득 채운 별들을 바라본다.

그러다 「아, 오늘이겠구나」하는 그날에 매일같이 사용한 낡은 책상 앞에 앉아 가지런하게 펼쳐진 편지지 위에 떠오르는 고마움을 남긴다. 그리고 그 마지막 줄에는 「나는 가오. 즐거웠던 소풍에 함께 해주어 고마웠소.」라고 써 두고는 이를 머리맡에 둔 채 떠난다. 날은 맑고 검은 하늘에 별빛이 가득하다. 나의 늙은 얼굴이 담긴 사진이 환하게 웃으며 반기는 소박한 장례식장엔 평소 좋아했던 음악들이 흐른다. 사람들은 종종 눈물을 짓지마는 대체로는 곱게 웃는다. 「원하던 대로 가니 참 행복한 사람이구먼」이라는 이야기를 들려주는 누군가가 있으면 더욱 좋겠다.

행복한 바람이다. 과연 이런 풍경을 맞이할 수 있을지, 아니면 끈질긴 노력에도 불구하고 나도 별수 없이 병원의 부름을 받거나 불의의 사고로 갑작스러운 죽음을 받아들여야 할지 모르겠다. 그럼에도 언젠가 막연한 미래로 미루어 놓았던 그것, 그 평화로운 안식을 위해 나는 이 글을 쓰는 것이다. 앞으로도 계속해서 책을 읽고, 글을 쓰며, 지성의 벗과 함께 지혜를 나누고, 매일 조금씩 더 다정해지려고 애쓸 것이다.

그래서 소망이 이루어지는가와 관계없이, 나는 지금 여기서 행복하다. 무탈하시길.

하루살이 인간종족

　하루살이는 곤충이며, 전 세계적으로 2,500여 종이 된다고 한다. 어린 시절에는 애벌레의 형태로 깨끗한 물속에서 생활하는데. 알려진 바로는 1년 이상의 긴 시간을 물속에서 성충이 되는 날까지 기다린다. 본인 수명의 거의 전부를 유충 형태로 물속에 있다고 한다. 물속에서 시간을 보내고 나서 성충이 되면 물밖으로 나오는데. 물 밖으로 나와서는 짝짓기를 하고 죽는다는 슬픈 곤충이기도 하다. 그래서 실질적으로 인간의 눈에 보이는 성충으로서 날아다니는 기간은 하루밖에 되지 않는다고 한다. 그래서 붙여진 이름이 「하루살이」니까 틀린 말은 아닌 거 같다.

　하루살이의 최대 천적은 잠자리다. 잠자리가 이러한 하루살이를 모두 잡아먹어 버리기 때문에 사실, 하루 채 살아가지 못하고 죽는 하루살이들도 꽤 많다. 1년 이상의 세월을 기다렸다가 성충이 되고 나서 할 수 있는 행동은 딱 하나라고 하는데. 바로 짝짓기라고 한다. 짝짓기를 마치고 나면 거의 바로 죽는다고 한다. 그렇게 날고 싶던 성충이 되고 나서는 먹을 수도, 소화도 할 수가 없다. 그래서 하루 만에 죽는다고 하는 불쌍한 곤충 중 하나다. 평균 수명은 하루를 넘기기 힘들지만 무탈한 하루살이는 14일까지 생존할 수 있다는 결과가 있다. 대다수 하루살이 수명은 평균 하루. 매미의 수명은 한 달이다.

하루살이는 내일이라는 세계를 본적도 이해하지도 못하고 매미는 내년이라는 세계를 본적도 이해하지도 못하듯 100년도 살지 못하는 사람 역시 영원한 세계를 보거나 이해하는 사람이 과연 얼마나 될까?? 그래서 대부분 눈에 보이지 않기에 영원한 세계는 없다라고들 말한다. 과연 눈에 보이지 않는다고 존재하지 않는 것일까? 눈에 보이지 않는 바람은 나뭇가지가 흔들리는 것을 통해 우리는 그 존재를 이해한다. 작은 미생물의 세계나 세균 역시 우리 눈에는 보이지 않지만, 현미경을 통해 보면 그 존재를 이해할 수 있다. 과학기술이 발달한 오늘날 우주에 수많은 행성이 존재함을 망원경을 통해 우리는 일부이지만 보고 이해한다. 대부분의 하루살이 인간종족은 이십 사시간의 생이 있다. 자정에 태어나 다음날 자정에 죽는다. 자식은 태어나자마자 부모의 삶을 갉아 먹는다. 태어난 인간은 부모의 살을 파먹으며 오전 아홉 시쯤에 성인이 된다. 그때부터 성인이 된 다른 하루살이 인간들과 함께 몰려다니며 짝을 찾기에 바쁘게 활동한다. 여기저기 기웃거리다가. 엉뚱한 곳으로 가서 제 명대로 못사는 경우도 있다. 저녁 여섯 시쯤까지는 짝짓기에 성공해서 수정을 완료해야 한다. 주어진 시간이 짧기에 고백하고 유혹하는 정신없이 움직이는 그들의 모습은 절박하게 느껴진다.

여자를 차지하기 위한 남자들의 싸움이 벌어지고. 남자들을 차지하기 위한 여자들의 싸움이 벌어지기도 한다. 어떨 땐 여자들의 싸움은 더 무섭게 느껴진다. 여자가 한을 품으면 두렵다. 그러다 날개가 뜯기고 상처를 입고 날지 못하는 경우도 있고 죽는 경우도 있다. 남자와 여자가 만나 인연을 맺고 짝짓기한다. 짝짓기를 성공한 여자들은 곧바로 임신한다. 부모는 열심히 음식을 먹고 살을 찌우고 영양가 있게 건강을 유지한다. 자정이 되면 태어날 자식들의 소중한 식량이 되어주어야 하므로 자신의 몸을 살찌운다. 하루살이 인간들의 삶은 대부분 그렇게 반복된다. 그 속에서 어떤 하루살이가 태어났다. 그는 자기 옆에 누워있는 부모의 시신을 먹지 않았다. 그냥 옆에서 물끄러미 바라보았다. 아침 아홉 시쯤이 되자 그도 성인이 되었다. 영양공급이 부족한 그는 건장한 성인이 아닌 허약한 어린아이처럼 보였다. 그는 짝짓기도 하고 싶지 않았다. 그저 조용히 혼자만의 하루를 보내고 싶었다. 그는 우선 하늘을 높이 올라갔다. 오를 수가 있을 만큼 오르다가 멀리 떠나보기도 하고 자유롭게 여행했다. 나무와 꽃과 나비를 보았다. 바다를 보고 배를 보았다. 시간은 차분히 흘렀고 저녁 여섯 시쯤 이 되자 주위에 가로등이 켜졌다. 갑자기 칼날처럼 파고드는 외로움이 그에게 찾아왔지만, 날개를 포기하지 않았다. 해가지고 어두워져가는 세상 속에서 그 변화를 느끼며 황홀해 했다. 밤하늘의 별과 달을 바라보니 시간 가는 줄 몰랐다. 자정이 되었다. 그는 스스로 만족했고 "괜찮은 하루였다고 생각했다. 그리고 미소를 지으며 눈을 감았다. 무탈하세요.

2022년 9월 19일 오늘 같은 밤이면

　'먼 훗날에', '오늘 같은 밤이면' 등의 히트곡으로 1990년대 초반 인기를 끈 가수 박정운 씨가 57세를 일기로 별세했습니다. 재작년 간경화와 당뇨 진단을 받은 뒤 간 수술을 위해 입원 도중 몸 상태가 악화해 그제 오후 끝내 숨졌는데요." 젊었을 때 맑은 목소리가 그립다"라며 재활에 의욕을 보였지만 병세 탓에 어려움을 겪었다고 합니다. 최근까지 앨범을 함께 준비하던 박준하 씨는 박정운 씨의 생전 목소리를 복원해 신곡을 발표하고 유작 앨범을 마무리할 것이라고 전했습니다. 박정운은 지난 2022년 9월 17일 오후 서울 풍납동 서울아산병원에서 눈을 감았습니다. 최근 간경화와 당뇨로 인해 몸 상태가 좋지 않아 수술을 준비하며 입원 중이었던 것으로 알려졌습니다.

　2022년 9월 18일 오늘을 기록합니다.
　누군가에게는 주어지지 않은 선물을 풀어 봅니다. 감사

하고 고맙게 생각하고 내가 처한 환경에서 오늘은 무엇을 할까 생각을 합니다. 할 수 있는 일이 있다는 것에 감사하고 일단 쓰는 겁니다. 어설프고 어리석게 보일지라도 책을 만드는 일에 매진하고 있습니다. 어차피 개정판이란 것도 있으니 지금 시점에서의 생각을 적을 겁니다. 나중 일은 모르겠습니다. 어차피 우리네 인생이야 동아줄 잡고 있는 거고 무작위로 사다리 버리는 거라서요. 하루를 알차게 보내고 만족하면 좋은 하루라고 생각합니다. 꼭 최선을 다하지 않아도 본인이 생각하기에 알차고 무탈한 하루였다면 잘 살았다고 생각됩니다. 오늘은 간경화에 대해서 알아보고자 합니다.

간경화는 학술적 병명인 '간경변증'의 일반화된 명칭입니다. 간세포 손상(간염)이 장기간 지속되면 간에 흉터가 쌓이는 간섬유화증이 진행되며, 간섬유화증이 간 전반에 걸쳐 진행되면 간경변증이 됩니다. 간에 흉터(섬유화)가 과도하게 쌓이면 간으로 혈액이 잘 유입되지 않아 간 문맥압이 증가하고 이로 인해 문맥고혈압 합병증(복수, 정맥류)이 생깁니다. 점차 정상 기능을 할 수 있는 간세포의 수가 과도하게 적어지면서 단백질 합성, 해독 작용 등의 간 기능 장애로 인한 합병증(황달, 간성 뇌증)이 발생합니다. 간암 발병률도 크게 증가합니다. 먼저 간경화, 간암 모두 간염으로부터 시작한다고 이해하면 적절합니다. B형 간염을 가지고 있는 경우 일반인보다 간암이 발생할 확률이 최대 100배 높다는 연구 결과가 있습니다. 같은 간암 환자라도 시술, 수술 방법에 차이가 생기는 이유도 같습니다. 암이 포함된 부위를 절제하였을 때 남은 간이 얼마나 기능을 해줄지 여부가 중요합니다. 예를 들어 암 크기가 비교적 작아도 남은 간에 경변이 심하게 진행되었다면 수술이 어려울 수 있습니다. 간경화는 이름에서 알 수 있듯이 간에 발생하는 질환으로 70% 이상이 B형 간염이 원인이었습니다. 간경화 초기 증상과 원인은 무엇일까요? 간 조직이 섬유화되어 간의 기능이 저하되는 질병입니다.

간의 만성적인 염증으로 인해 발생하며, 통계에 따르면 간경화 환자 중 간암 발생률은 연간 1~5%라고 합니다. 만성 바이러스 간염으로 간 조직이 손상되어 발생합니다.최근에는 만성 간염보다 음주로 인해 간경화가 발생하는 경우가 늘었습니다. 음주를 하게 되면 간에서 알코올을 분해하는데요. 그 과정에서 간에 염증과 간 조직 손상이 발생하게 됩니다. 알코올로 인해 손상된 간 조직이 섬유화가 진행되어 결국 간경화가 발생하게 됩니다. 만성 간염과 음주 외에도 자가면역질환, 지방간, 혈색소증 등으로 인해 간경화가 발생할 수 있습니다. 병이 진행될수록 증상이 달라집니다. 초기에는 병을 의심할 만한 뚜렷한 증상이 나타나지는 않습니다. 초기에는 피로, 식욕부진, 복부 불쾌감 등이 나타납니다. 병이 어느 정도 진행되면, 황달, 거미 혈관종「피부에 붉은 반점이 거미 모양으로 나타나는 것」, 손바닥 홍반, 남성에게 발견되는 여성형 유방, 성 기능 장애 등의 증상이 나타납니다. 그 외에도 다리 부종, 식도정맥류, 간성뇌증 등의 증상이 나타날 수 있습니다. 만성 간염을 가지고 있는 환자에게 신체 변화가 생기는 경우, 간경화를 의심할 수 있는데요. 신체에 생긴 변화를 관찰하고, 복부 초음파, CT 등의 검사를 합니다. 필요시 조직 검사, 내시경 검사 등을 추가적으로 할 수 있습니다.

간경화를 완전히 치료하기는 어렵습니다. 간경화 자체를 완전히 치료는 할 수 없고, 진행을 늦추거나 추가적인 간 손상을 막는 치료를 하게 됩니다. 질병의 원인에 따라 항바이러스제가 이용되기도 하며, 증상에 따라 이뇨제, 항생제 등의 약물이 이용됩니다. 복수가 차는 경우에는 복수를 빼는 처치를 하게 되고, 내시경을 이용하여 출혈을 예방하거나 치료합니다. 약물이나 수술로 효과를 기대하기 어려운 경우, 간 이식 수술이 필요할 수 있습니다. 복수가 차게 됩니다. 복수는 복강에 정체되어 있는 체액을 말하는데요. 복수가 발생하면 배가 부풀어 올라 숨이 차고, 팔과 다리가 붓게 됩니다. 또한, 복수에 세균 감염이 발생하면 급성 복막염이 발생하기도 합니다. 급성 복막염이 잘 치료되었더라도, 재발하기 쉬우며, 생존율이 2년 내 20% 정도로 낮아집니다. 간성 혼수(간성 뇌증)가 발생할 수 있습니다. 말기 간경화 환자에게 많이 발생하는 합병증으로, 장에서 발생한 화합물들이 독성 물질로 작용하여 뇌에 영향을 미치는 것입니다. 뇌에 도달한 독성 물질들로 인해 수면 장애, 기억력 저하, 집중력 저하, 혼수 증상이 나타나며, 심하면 사망에 이를 수 있습니다.

식도 또는 위 정맥류가 발생할 수 있습니다. 섬유화된 간 조직들로 인해 문맥의 혈류가 느려지거나 역류할 수 있습니다. 그로 인해 위나 식도정맥류가 발생할 수 있으며, 출혈이 발생하기도 합니다. 정맥류에 출혈이 발생하면 쇼크나 간성 혼수가 나타나 심하면 사망에 이를 수 있습니다. 만성 간염이 간경화로 이어질 수 있으며, 간경화는 간암으로 이어질 수 있습니다. 따라서, 만성 간염을 예방하는 것이 중요합니다. 예방 접종이 가능한 B형 간염은 예방 접종을 하고, 백신이 없는 C형간염은 감염되지 않도록 주의해야 합니다. 최근에는 만성 간염보다 음주로 인한 간경화가 늘어나고 있는 추세입니다. 따라서, 간에 나쁜 영향을 주는 알코올 섭취를 줄이는 것이 간경화를 예방하는 방법입니다. 간경화는 만성 간 질환의 마지막 단계로 간세포 손상에 대한 치유반응으로 나타나는데 간에 흉터가 지속해서 쌓이면 섬유질 변성 현상이 일어나 간섬유화증이 간 전반에 걸쳐 진행되는 간경변증이 되며 간의 기능이 전반적으로 저하되는 증상을 이야기합니다.

간에 흉터가 난다는 표현은 섬유화가 진행된다고 이해하면 되는데 이때 혈액이 간으로 잘 유입되지 않기 때문에 문맥압이 증가하고 이로 인해 고혈압 합병증이 생기게 됩니다. 간은 또한 한번 장애가 찾아오면 회복 또한 쉽지 않기 때문에 초기증상을 명확히 알고 대처하는 것이 도움이 됩니다. 간경화는 만성 간질환의 마지막 단계로 간세포 손상에 대한 치유반응으로 나타나는데 간에 흉터가 지속해서 쌓이면 섬유질 변성 현상이 일어나 간섬유화증이 간 전반에 걸쳐 진행 되면 간경변증이 되며 간의 기능이 전반적으로 저하되는 증상을 이야기합니다. 간에 흉터가 난다는 표현은 섬유화가 진행된다고 이해하면 되는데 이때 혈액이 간으로 잘 유입되지 않기 때문에 문맥압이 증가하고 이로 인해 고혈압 합병증이 생기게 됩니다. 간은 또한 한번 장애가 찾아오면 회복 또한 쉽지 않기 때문에 초기증상을 명확히 알고 대처하는 것이 도움이 됩니다. 간경화 초기증상입니다. 간경화 초기증상은 사실 우리가 인식하기 어려운 것이 사실입니다. 무증상, 피로, 식욕부진, 오심, 피부에 혈관종과 같이 간경화를 의심할 만한 증상이 아니기 때문에 초반에는 간경화라는 것을 인식하기 쉽지 않아 정기적인 건강검진이 필요한 이유입니다. 간경화의 주요 증상입니다. 간경화가 진행되면 결국 단순히 간에만 질환이 생기는 것이 많이 진행된 후에는 대부분 합병증 형태로 나타나는 것이 위험합니다.

단순 간경화 환자인 경우 5년 생존율이 70%에 가까우나 복수가 쌓이거나, 식도정맥류 출혈, 간성뇌증 합병증의 경우 5년 생존율은 20~50%밖에 되지 않습니다. 이때에는 주요 증상은 눈과 피부가 노래지는 황달, 복강 내에 체액이 축적되는 복수 등이 나타납니다. 아울러 심한 경우 출혈이 생길 수 있는데 이미 말기에 달한 간부전 상태에 이르면 간성뇌증이 생기거나 가슴에 거미상혈관증이 나타나고 신체적으로 남성은 고환이 작아지고 여성은 월경이 불규칙해집니다. 따라서 빠르게 간경화를 파악하는 것이 중요한데 간경화의 요인이 되는 만성 B형 간염, 만성 C형 간염 등을 가지고 있는 사람들의 경우 고혈압 징후가 나타난다면 간경화로 진단할 수 있습니다. 아울러 건강검진에서 간기능 검사, 혈액 응고 검사 등에서 이상 수치가 황달 지수가 상승하고 빈혈과 혈소판 감소증이 자주 관찰되는 것으로 알려져 있으며 CT 촬영으로 간의 모양, 간경화 증상 등이 나타나는 것을 확인할 수 있습니다.

식도 부위에 평평하지 않고 심하게 울퉁불퉁한 혈관 (식도정맥류)가 보이고 출혈로 인해 위 부위에 까만 피와 선홍색 피가 섞여 있습니다. 출혈량이 상당히 많으므로 초응급으로 고무 밴드 결찰술을 시행했습니다. 이것이 제일 무서운 출혈이고 초응급이지요. 혈압이 떨어질 정도의 대량 출혈 (분출성) 을 동반하는 경우가 많고, 소화기내과 의사들이 제일 긴장하는 질환이 이 것입니다. 대략 출혈량이 1L에 도달할 수 있음 따라서 간경화 환자가 흑색변 및 토혈로 오면 정말로 위험할 수밖에 없습니다. 사망률이 거의 10% 이상에 도달할 정도로 위험합니다. 대량 수혈 또한 필요합니다.

정리하면

1. 모르는 게 약이다.
2. 단순 간경화 환자인 경우 5년 생존율이 70%에 가깝다.
3. 식도정맥류 생존율은 90%에 가깝다.

알코올 중독 치료 후 재발률이 높은 이유

알코올 중독 치료병원에 입원한 전력이 있기 때문이라 생각된다. 모를 땐 "괜찮으나 알고 나면 입장이 달라진다. 어차피 알 수가 없다. 입원하다 보면「나에게 술 문제가 있었구나」라고 인정을 하게 된다. 인정하면 내면의 자아와 전쟁이 시작되는데 마치 선과 악의 대결 구도이다.

병원에서 퇴원하고 초기에는 주로 선이 우세하다. 「역시 정의는 승리하는구나」라고 마음 놓고 있으면 교묘하게 구렁이 담 넘어오듯이 살짝 「톡」하고 악이 들어온다. 그러다가 「톡」.「톡」하고 건드리며 간을 보다 「똑」하고 어깨동무를 한 채 나를 어디론가 데려간다. 그리고「툭」하고 나락으로 빠트려 버린다. 그놈 수법인 거 같다. 처음부터 「혹」하고 모습을 드러낸 적은 없는 것 같다. 까짓거 모를 땐 괜찮다. 알고 나면. 인정하고 나면 그때부터 몹쓸 병이 된다. 아는 게 병이라고 과거에는 정보, 의료, 과학이 발달하지 못했기 때문에 문제를 제기하지 못했던 것이다.

이것이 오늘날 사회적 문제로 대두된 이유는 문제로 만들 만큼 사회생활 수준이 높아졌기 때문이다. 문제가 있으니까 문제가 되는 것이다. 문제가 없으면 문제가 안 되는데. 문제를 만들었으니까 문제를 해결해야 한다. 문제는 내가 만들고 내가 출제했는데 해답이 어렵다. 나의 문제가 사회적 문제가 되다니.다음부터는 문제를 만들지 않을 것이다. 무탈하세요.

에필로그

이제 송현모씨에 대해서 말할 참이다.

경기도 시흥시에서 태어났고 광명시로 분가해 아내와 눈에 넣어도 아프지 않을 두 아이와 함께 살고 있는데 그에 대해 설명하는 건 나에게도 약간 버거운 일이 아닐 수가 없다. 아마 스스로도 자기 자신을 스스로 판단하고 쉽게 재단하는 생각을 그쳐버리는 것을 못마땅하게 여겼을 것이다. 나라도 그랬을 것이다. 아무에게나 간단하게 설명될 수 있는 사람으로 여겨지는 것은 누구에게라도 치욕이었다고 생각된다. 특히 송현모씨 처럼 하지 않아도 될 기발한 생각까지 하느라 인생살이가 고달팠던 사람에게는 두말할 나위도 없는 일이었다. 그런데도 내가 알고 있는 한 송현모씨는 타인에 의해 한반도 읽혀지지 않은 텍스트였다. 그것은 모독이었고 또한 송현모 씨에게는 불행이었다. 그렇다면 이렇게 말할 수도 있겠다. 치욕에 대해 민감했고 자신에 대한 모독을 가장 못 견뎌 한 사람이었다고, 이 진술만큼은 사실이라고 나는 확신한다.

여기까지 진실이라고 나 스스로를 격려하고 나면 송현모씨에 대해서 조금이나마 말할 수 있을 거 같다. 누군가에게는 술꾼으로 불렸고, 누군가에게는 건달이라 칭하였으며, 혹자는 성격 파탄자로 규정하던 송현모씨에 대해서 말이다.

송현모씨의 망나니짓에는 일종의 품위가 있었다. 범접할 수 없는 어떤 기운이 있었다. 상스러운 욕을 하면서도 입술을 깨물며, 이마에 깊은 주름을 돋으면서, 눈동자가 커지고, 코 평수가 넓어진 채 온 힘을 다해서 자신도 지금 죽을 듯이 괴롭다는 걸 상대방에게 알려주었다. 저토록 괴로운 일을 해야 하는 송현모씨에 대해 순간순간 연민과 동정심을 품지 않을 수 있도록 만들었을까. 어쩌면 그는 이 판의 기획자였던 거 같다.

부드러운가 하면 금방 사나워졌고 따듯한가 보면 당장 차가웠으며 웃고 있는가 하면 순간적으로 폭포수처럼 눈물을 흘리는 사람 술에 취하지 않을 때는 부드럽고 생각이 깊은 사람이었고 술에 취하면 실패한 쿠데타의 저항을 유감없이 보여주는 삶을 살았다.

조신왕조 실록

제1대 태조 (1392~1398)

이자춘(환조)의 2남, 이성계

신의왕후한씨 외 부인2 / 8남 5녀 / 6년 2개월

고려의 명장, 위화도회군(1388)으로 정권을 잡은뒤

고려를 멸하고 조선을 개국함(1392)

제2대 정종 (1398~1400)

태조의 2남, 이방과

안왕후김씨 외 부인7 / 15남 8녀 / 2년 2개월

제1차 왕자의 난(1398, 무인정사) 직후

태조의 선위로 즉위함. 실권없음.

제3대 태종 (1400~1418)

태조의 5남, 이방원

원경왕후민씨 외 부인11 / 12남 17녀 / 17년 10개월

정종의 선위로 즉위함, 조선 건국의 1등공신,

강력한 왕권의 안정에 주력함.

제4대 세종 (1418~1450)

태종의 3남, 이도

소헌왕후심씨 외 부인5 / 18남 4녀 / 31년 6개월

훈민정음 창제(1443), 과학기술의 발달, 4군6진 개척,
우리나라 역사상 위대한 성군.

제5대 문종 (1450~1452)

세종의 1남, 이향

현덕왕후권씨 외 부인2 / 1남 2녀 / 2년 3개월

현군의 자질을 타고 났으나 재위 2년만에 병사함.

제6대 단종 (1452~1455)

문종의 1남, 이홍위

정순왕후송씨 외 부인2 / 자녀無 / 3년 2개월

숙부 수양대군(이유)에 왕위를 찬탈당하는 비운의 왕.

제7대 세조 (1455~1468)

세종의 2남, 이유

정희왕후윤씨 외 부인1 / 4남 1녀 / 13년 3개월

계유정난(1453)으로 집권, 이후

조카 단종을 밀어내고 즉위함. 강력한 왕권을 구축.

제8대 예종 (1468~1469)

세조의 2남, 이광

장순왕후한씨 외 부인1 / 2남 1녀 / 1년 2개월
병약하여 재위 1년여만에 병사함.

第9대 성종 (1469~1494)

세조의 1남인 의경세자(이장)의 2남, 이혈 /
공혜왕후한씨 외 부인11 / 16남 12녀 / 25년 1개월
경국대전 반포, 활발한 편찬사업,
사림의 중용을 통한 정치안정, 태평성대를 구현함.

第10대 연산군 (1494~1506)

성종의 1남, 이융
폐비신씨 외 부인1 / 4남 2녀 / 11년 9개월
무오,갑자사화를 일으켜 사림을 척결,
폐륜과 폭정을 행함. 중종반정(1506)으로 폐출됨.

第11대 중종 (1506~1544)

성종의 2남, 이역
단경왕후신씨 외 부인9 / 9남 11녀 / 38년 2개월
중종반정(1506)으로 추대됨.
부왕 성종의 균형 정치를 표방하였으나 별다른 성과는 없었음.

제12대 인종 (1544~1545)

중종의 1남, 이호

인성왕후박씨 외 부인 / 자녀無 / 9개월

현군의 자질을 타고 났으나, 재위 9개월만에 병사함.

제13대 명종 (1545~1567)

중종의 2남, 이환

인순왕후심씨, 1남 / 22년

총명한 자질의 소유자였으나,

모후 문정왕후윤씨의 악정에 휘둘린 눈물의 왕.

제14대 선조 (1567~1608)

중종의 9남인 덕흥대원군(이초)의 3남, 이균

의인왕후박씨 외 부인7, 14남 11녀 / 40년 7개월

명종대의 혼란은 극복하였으나, 붕당을 막지 못하고, 임진왜란(1592)을 당한 우유부단한 왕.

제15대 광해군 (1608~1623)

선조의 2남, 이혼

폐비유씨 외 부인1 / 1남 1녀 / 15년 1개월

외교적 안목이 탁월했으나, 지나친 정적제거로 명분을 잃고

인조반정(1623)으로 폐출당함.

제16대 인조 (1623~1649)

선조의 5남인 정원군(이부)의 1남, 이종

인렬왕후한씨 외 부인2, 6남 1녀 / 26년 2개월

인조반정(1623)으로 즉위함.

정묘, 병자호란후 삼전도의 치욕을 당한 수난의 왕.

제17대 효종 (1649~1659)

인조의 2남, 이호

인선왕후장씨 외 부인1 / 1남 7녀 / 10년

북벌론으로 병자국치를 씻고자 했던 왕.

제18대 현종 (1659~1674)

효종의 1남, 이연 / 명성왕후김씨,

1남 3녀 / 15년 3개월

예송논쟁에 휘말림.

제19대 숙종 (1674~1720)

현종의 1남, 이순

인경왕후김씨 외 부인5 / 3남 6녀 / 45년 10개월

환국정치로 강력한 왕권 구축. 수많은 옥사를 유발함.

제20대 경종 (1720~1724)

숙종의 1남, 이윤

단의왕후심씨 외 부인1 / 자녀無 / 4년 2개월

붕당이 극심함, 줄곧 병상에 있다가 재위 4년만에 병사함.

제21대 영조 (1724~1776)

숙종의 2남, 이금

정성왕후서씨 외 부인5 / 2남 7녀 / 51년 7개월

탕평책을 추진했으나 별성과는 없었음,

아들 사도세자를 죽임, 52년 재위로 조선왕조 1위.

제22대 정조 (1776~1800)

영조의 2남인 사도세자(이선)의 1남, 이산

효의왕후김씨 외 부인2, 2남 1녀 / 24년 3개월

문화정치, 실학의 융성, 활발한 편찬사업,

조선조 제2의 중흥기를 이룩함.

제23대 순조 (1800~1834)

정조의 2남, 이공

순원왕후김씨 외 부인2 / 1남 5녀 / 34년 3개월
안동김씨 세도정치의 시작, 각종 민란의 발생,
수재와 흉년빈번, 천주교박해.

제24대 헌종 (1834~1849)

순조의 1남인 효명세자(이영)의 1남, 이환
효현왕후김씨 외 부인1, 1녀 / 14년 7개월
삼정의 문란, 민생고의 극심.
최연소로 등극(8세) 했으나 일찍 병사함.

제25대 철종 (1849~1863)

사도세자(이선)의 2남 은언군(이인)의
3남인 전계대원군(이광)의 3남, 이원범
철인왕후김씨 외 부인7, 1녀 / 14년 6개월
농부에서 제왕이 됨. 안동김씨의 세도정치가 지속됨.

제26대 고종 (1863~1907)

사도세자(이선)의 3남
은신군(이진)의 1남인 남연군(이구)의 4남인
흥선대원군(이하응)의 2남,
이명복 / 명성황후민씨 외 부인6, 6남 1녀 / 43년 7개월

흥선대원군의 섭정, 구한말의 혼란기를 보냄, 대한제국을 선
포, 조선의 실질적인 마지막 왕.

제27대 순종 (1907~1910)

고종의 1남, 이척 / 순명효황후민씨 외 부인1,

자녀無 / 마지막 왕. 3년 1개월

조선의 마지막 왕

20 23

Calendar

1

January

SUN	MON	TUE	WED	THU	FRI	SAT
1 새해 첫날	2	3	4	5	6 소한	7
8	9	10	11	12 12/21	13	14
15	16	17	18	19	20 대한	21
22 설날	23	24 대체공휴일(설날)	25	26	27	28 1/7
29	30	31	1	2	3	4 입춘

2

February

SUN	MON	TUE	WED	THU	FRI	SAT
29	30	31	1	2	3	4 입춘
5 1/15	6	7	8	9	10	11 1/21
12	13	14	15	16	17	18
19 우수	20 2/1	21	22	23	24	25
26 2/7	27	28	1 삼일절	2	3	4

©FunCG.

3

March

SUN	MON	TUE	WED	THU	FRI	SAT
26 2/7	27	28	1 삼일절	2	3	4
5	6 경칩	7	8	9	10	11
12 2/21	13	14	15	16	17	18
19	20	21 춘분	22 (윤)2/1	23	24	25
26	27	28 (윤)2/7	29	30	31	1

SeEuxCG.c

4

April

SUN	MON	TUE	WED	THU	FRI	SAT
26	27	28 (음)2/7	29	30	31	1
2	3	4	5 청명	6 한식	7	8
9	10	11 (음)2/21	12	13	14	15
16	17	18	19	20 곡우	21	22
23/30	24	25	26 3/7	27	28	29

5
May

SUN	MON	TUE	WED	THU	FRI	SAT
30	1	2	3	4 3/15	5 어린이날	6 입하
7	8	9	10 3/21	11	12	13
14	15	16	17	18	19	20 4/1
21 소만	22	23	24	25	26 4/7	27 석탄일
28	29	30	31	1	2	3

6

June

SUN	MON	TUE	WED	THU	FRI	SAT
28	29	30	31	1	2	3 4/16
4	5	6 현충일	7	8	9 4/21	10
11	12	13	14	15	16	17
18 5/1	19	20	21 하지	22 단오	23	24 5/7
25	26	27	28	29	30	1

7

July

SUN	MON	TUE	WED	THU	FRI	SAT
25	26	27	28	29	30	1
2 5/15	3	4	5	6	7 소서	8 5/21
9	10	11 초복	12	13	14	15
16	17 제헌절	18 6/1	19	20	21 중복	22
23 대서/30	24 6/7/31	25	26	27	28	29

8

August

SUN	MON	TUE	WED	THU	FRI	SAT
30	31	1 6/15	2	3	4	5
6	7 6/21	8 입추	9	10 말복	11	12
13	14	15 광복절	16 7/1	17	18	19
20	21	22 7/7	23 처서	24	25	26
27	28	29	30 7/15	31	1	2

9

September

SUN	MON	TUE	WED	THU	FRI	SAT
27	28	29	30 7/16	31	1	2
3	4	5 7/21	6	7	8 백로	9
10	11	12	13	14	15 8/1	16
17	18	19	20	21 8/7	22	23 추분
24	25	26	27	28	29 추석	30

10

October

SUN	MON	TUE	WED	THU	FRI	SAT
1	2	3 개천절	4	5 8/21	6	7
8 한로	9 한글날	10	11	12	13	14
15 9/1	16	17	18	19	20	21 9/7
22	23	24 상강	25	26	27	28
29 9/16	30	31	1	2	3	4

11
November

SUN	MON	TUE	WED	THU	FRI	SAT
29 9/15	30	31	1	2	3	4 9/21
5	6	7	8 9/25	9	10	11
12	13 10/1	14	15	16	17	18
19 10/7	20	21	22 立冬	23	24	25
26	27 10/15	28	29	30	1	2

12
December

SUN	MON	TUE	WED	THU	FRI	SAT
26	27 10/18	28	29	30	1	2
3 10/21	4	5	6	7 대설	8	9
10	11	12	13 11/1	14	15	16
17	18	19 11/7	20	21	22 동지	23
24/31	25 성탄절	26	27 11/15	28	29	30

©FoxCG.c

허탈에서 해탈하기
송현모 에세이

인쇄 2022년 10월 17일
발행 2022년 10월 31일

발행인 이은선
발행처 반달뜨는 꽃섬 [서울시 송파구 삼전로 10길50, 203호]
연락처 010 2038 1112   E-MAIL itokntok@naver.com

ISBN 979-11-91604-12-2 (03800)